완전 (망)한 여행

일러두기

· 이 책에 등장하는 여행지는 도시나 국가의 특성과 관계없이 저자들의 '망한' 경험을 담아서 '망한 여행지'로 기록되었을 뿐, 여행을 취소하지 마시기 바랍니다.

· 저자들의 사진 실력은 매우 뛰어나나 망한 여행임을 강조하기 위해 의도적으로 초점이 흐리거나 흔들린 사진 등을 사용했습니다.

· 이 책으로 기꺼이 망할 용기를 얻고 여행을 떠나보시기를 추천합니다.

완전 망한 여행

망한 여행도 다시 보면
완전한 여행이 될 수 있지

[허휘수 + 서솔]

상상출판

완전 (망)한 여행

빵! 빵! 빵! 빵! 빵! 대한민국!

2002년 여름 방학, 빨간 비더레즈(Be the Reds) 티셔츠를 맞춰 입고 걷는 우리 가족을 향해 지나가던 트럭이 호응했다. 언니가 15살이고 동생이 8살, 나는 10살이었던 그때 우린 부산에서 양산까지 도보여행했다. 40대 중반의 어머니와 아버지도 함께. 우리 가족은 걷고 또 걸었다. 왜 하기로 했는지, 어디부터가 시작인지는 기억나지 않는다. 짐은 각자 배낭에 메고 다섯 명이 일렬로 걸었다. 탐험가가 된 듯 신나던 기분이 생생하다.

아버지는 대학 시절 배낭 하나만 메고 깊은 산을 이리저리 돌아다니셨다고 한다. 옷가지, 약간의 음식, 작은 텐트뿐인 배낭을 메고 한 달 동안 산에 머문 적도 있다고 했다. 전부를 믿는 건 아니지만 괴짜 같은 면이 있는 걸 보면 일정 부분 사실일 거라고 추측한다. 아버지는 지금까지도 등산과 캠핑을 좋아하신다. 도보여행은 이런 아버지의 취향에 영향을 받은 가족여행이 아니었을지. 아버지가 의도했을지는 모르지만, 이 도보여행은 내 머릿속에서 '여행'의 이미지를 형성했다. 몸은 힘들지만 모험심, 성취감을 키우고 얻을 수 있는 것이 즉 여행이었다. 여행은 배낭을 가져가는 것이다. 중학교 때 극소수만 참가하는 지리산 산행을 신청한다거나 고등학교 때 아무도 원하지 않는 등산 대회에 진심으로 참여하기도 했다(1등 했다).

'20대에 유럽 배낭여행 한 번은 가야지.'
짐 같은 말이었다. '배낭여행'인데 앞에 '유럽'이 붙자마자 확 부담스러워졌다. 유럽에 다녀오려면 여비가 얼마나 드는지도 몰랐지만 내 수중에 그런 큰돈은 없을 거라는 생각에 찾아보지도, 알려고 하지도 않았다. 유럽 이야기가 나올 땐 14살에 가족들과 파리, 런던에 2주간 머물렀던 경험을 꺼내며(왠지 으스댔던 것 같다) 그곳엔 다시 가보지 않아도 된다고 말하곤 했다. 무엇보다 매월 있는 공연에서 춤도 춰야 하고, 술도 마셔야 하고, 옷도 예쁜 걸 사 입어야 했기에 특히나 유럽까지 여행할 돈과 시간은 없었다. 10년 전 물가를 고려했을 때 그 돈을 아끼고 시간을 모았다면 갈 수 있었을 텐데. 지난날의 어리석음을 탓해봐야 뭐 하겠는가. 여행을 떠나고는 싶지만 가려는 의지나 노력은 하지 않는 내 모습을 합리화하기 위해 '여행을 싫어하는 사람'이라는 캐릭터를 만들어 주었다. '돈만 쓰고 허세 가득한 여행 가서 뭐 해. 나는 여기 한국에서 내가 해야 할 일에 더욱 매진하고 집중하는 멋진 청년이지.' 해외나 나가는 애들보단 내가 낫다고 생각했다. 이게 그 전형적인 여우와 신포도, 르상티망(Ressentiment)이지 아마.

그렇다면 국내 여행도 해본 적 없는가? 아니다. 꽤 많이 했다. 한 번은 서울에서 부산에 내려가는 길에 혼자 대전에 들러 점심을 먹고 놀다가 대구에서 저녁까지 먹고 막차를 타고 간 적도 있다. 자전거로 국토 종주를 하기도 했다. 그렇다면 해외로는 나가보지 않았는가? 그것도 아니다. 아프리카 세네갈에 세 번, 베트남 하노이에 한 번 문화 공연 출연진으로 선발되어 장학금과 지원금을 받고 다녀왔다. 일본 여행은 두 번 다녀왔다. 공연하러 갔을 땐 일을 하러 간 거니까, 일본은 가까우니까, 나의 여행은 그 잘난 '유럽 여행'과는 결을 달리한다고 주장했다. 외국에 다녀오면 배우는 것도 많고 사실 되게 좋다고 생각했지만, 애써 부정했다. 왜냐하면 나는 여행을 싫어하는 '여행 비관론자'니까. 그냥 부러우면 부럽다고 하지. 부끄러워 죽겠다. 여행? 이제는(사실 원래) 좋아한다. 나이가 든 만큼 지킬 것도, 챙겨야 할 것도 많아진 걸 보면 가방을 좀 더 가볍게 챙길 수 있었을 때 더 많이 여행하지 않았던 게 내심 아쉽다.

여행은 불편하다. 불편한 것이 당연하다. 옆 동네만 가도 생경한데 하물며 비행기를 타고 도착한 공간은 얼마나 낯설겠는가. 여행을 떠나는 이유를 묻는다면 이 불편함에 나를 계속 노출하기 위해서다. 새로움에는 늘 불편함이 따른다. 어쩌면 나는 변화를 위해 여행을 하는지도 모르겠다.

여행은 완벽할 수 없다. 완벽함을 추구한다면 그 어느 것도 완벽할 수 없다는 말이 있다. 수많은 가이드북과 후일담을 읽으며 완벽하게 짜놓은 계획도 틀어지기 마련이다. 여행은 완벽한 일정을 소화하러 가는 곳이 아니다. 일상에서는 발견할 수 없던 인생의 새로운 면을 배우는 시간이 아닐까. 늘 제멋대로인 우주와 유독 나에게만 가혹한 날씨, 그런데도 즐거운 일이 생기는 행운이 있다는 걸 알려주는 것이다.

여행은 어쩌면 망하는 게 당연할지도 모른다. 왜 여행이 망하지 않아야 한다고 생각하는가? 사실은 그게 여행의 본질인 것 같다. 부담 없이 망할 수 있는 여행이 더 여행다운 게 아닐까? 다시 돌아올 집이 있으니 마음껏 망해봐도 괜찮지 않을까?

세계 지도의 배신

'대한민국은 섬나라다.'

몇 년 전, 내가 섬나라에 살고 있다는 사실을 깨달았을 때 나는 지금까지 형성해 왔던 국제적 감각을 송두리째 뒤바꿔야만 했다. 초등학생 때부터 배워온 '한반도'라는 단어, 동아시아가 중심에 놓여 있던 세계 지도. 그 세계 지도 속 한국은 구불구불한 국가의 경계선을 넘어 중국으로, 러시아로, 유럽까지 펼쳐진 광활한 가능성의 땅이었다. 통일이 되면 유라시아로 향하는 육로가 연결될 것이라는 말을 듣고 자랐기 때문일까. 배나 비행기가 아니면 다른 나라로 이동할 수 없는 나라에 살면서도 머나면 대륙까지 통째로 연결되어 있다는 착각을 하며 살아왔다. 그 때문에 실로 거대한 착각이 부서진 뒤에는 절망감이 밀려왔다. 육로로 이동할 수 있는 나라가 없다는 걸 깨달았다 한들 변하는 건 아무것도 없는데도 큰 충격을 받았다.

초등학생 때 받은 사회과 부도 맨 뒷장에 있던 전국 지도가 나를 속인 것만 같았다. 왜 한 걸음도 디딜 수 없는 북한의 땅까지 '우리 땅'이라고 가르쳤나. 당연히 육로로 중국에 갈 수 없다는 걸 알고 있었음에도 묘하게 뒤틀린 세계 지도를 품고 자랐던 것 같다. 국가의 교육 정책과 역사관이 잘못되었다고 말하고 싶은 것은 아니지만, '섬나라'라는 단어에 머리카락이 쭈뼛 섰을 땐 얇은 지도 한 장마저 배신의 징표처럼 느껴졌다. 자부심을 가지라던 단일 민족, 단일 국가의 다른 말은 '외딴 섬나라'였다.

삼국 시대 역사를 배우면서, 으레 '고구려가 한반도를 통일했다면 좋았을걸'이라고 생각하는 학생들이 있었다. 아이돌을 보며 '최애'를 고르듯이 '나는 신라가 좋아', '나는 백제가 좋아'라는 말을 누군가 한다면 '고구려의 영토가 우리 것이었어야만해'라며 고구려의 기상을 최고의 것으로 치는 '고구려파'가 꼭 있었다. 나는 일본에 여러 가지 문화를 전파했던 백제를 좀 더좋아하던 학생이었다. 우리나라도 중국에서 문화를 전파받는처지였지만, 백제는 이웃 섬나라에 문화를 전파하는 수출국 지위를 획득한 나라였기 때문이다. 일종의 문화적 우월감을 가질

수 있었기에 그런 생각을 했던 것 같다.

그러나 2024년 현재, 동아시아 지도를 살펴본다면 한국은 일본과 마찬가지로 바다 위에 떠 있는 섬이다. 고유한 언어를 사용하는 작은 섬. 그 섬에 내가, 우리가 살고 있다.

여행 성수기가 다가오면 늘 '여행에 미쳐 있는 한국인'에 대한 뉴스가 나오고, 여행에 관한 비판적인 입장을 견지한 이야기들이 심심찮게 들려온다. 요지는 내수 시장을 버려둔 채 외국에서 돈을 펑펑 쓰는 한국인들의 여행 행태가 과하다는 내용이다. 남에게 보여주기 위한 여행, 모아둔 돈을 탕진하는 여행, 퇴사한 뒤 대책 없이 떠나는 여행. 누군가의 여행은 '철없는 여행'으로 분류되기 일쑤고, 한국인들이 많이 가는 여행지는 '경기도 다낭시'와 같은 조롱 섞인 별칭을 얻기도 한다. 예전엔 나역시 한국인들이 많이 가는 여행지를 꺼렸고, 한국인에게 인증된 맛집을 피하려고 애를 쓴 적이 있다. 그렇다고 해서 한국인이라는 나의 정체성을 숨길 수도 없는데 말이다.

그런데도 나는, 우리는 그러한 멸칭을 감수하고서라도 여행을 간다. 명절에, 휴일에, 우리는 북적이는 공항을 뚫고 구름 위에 올라선다. 육로로는 단 하나의 국경선도 넘을 수 없는 나라에서 태어나고 자란 이들의 애환을 풀어주듯 비행기는 쉼 없이 오르내린다. 국토 면적 순위 세계 109위, 주요 국가 인구 밀도 5위. 이토록 좁은 땅에서 쉼표를 찾을 수 없는 게 개인의 잘못은 아닐 테다. 그 때문에 비행기를 타고 바다를 건너 다른 나라를 경험한다는 건 대한민국 사람들에게 최고의 사치이자 최상의 경험일지도 모른다. 비행기에 몸을 싣고 이국의 땅을 밟는 순간 나의 궤적이 순식간에 확장되기 때문이다. 그것은 어떤 간접적인 경험으로도 대체될 수 없는 실재의 감각이다.

'내수 시장 활성화를 위해 국내 여행 수요를 늘려야 한다.'
'국내 여행은 바가지요금 때문에 안 간다.'
명절이 되면 인천 공항을 이용하는 여행객이 100만 명을 넘는다는 기사가 나오고, 인터넷에선 그들을 옹호하거나 비난하는 견해들이 첨예하게 대립한다. 누군가는 해외여행을 다니는 사람들을 '나라 밖에서 돈 펑펑 쓰는 매국노'처럼 취급하기도 한다. 지역 경제 활성화 측면에서 본다면 틀린 말은 아니다. 그러나 그렇다고 해서 비행기를 타고 싶은 사람들의 욕망을 누를 수 있을까.

나는 가만히 이상의 시를 떠올려 본다. 이상의 〈삼차각설계도〉와 〈건축무한육면각체〉는 4차원의 공간을 표현한 시라고 알려

져 있다. 결핵에 걸린 몸, 바깥으로 쉬이 나갈 수 없는 일제 강
점기 시절. 주어진 공간의 제약을 시의 언어로나마 극복하고
싶었던 그의 열망은 수수께끼처럼 종이 위에 그려졌다. 숫자와
점이 나열된 행렬의 모양에서 나는 그것을 그리고 있었을 이상
의 뒷모습을 떠올려 본다.

그러고 나서 떠올리는 나의 뒤통수. 스카이스캐너에 들어가 비
행기표를 검색하고 있는 나의 뒷모습은 어떨까.
어딘가로 떠나고 싶어 헤매는 마음이 희붐하게 떠다니는 뒷모
습엔 태생적인 욕망이 있다. 국경을 맞댄 나라가 가득한 땅덩
어리가 아닌, 위로도 갈 수 없고 아래로도 갈 수 없는 지리적
한계가 뚜렷한 곳에 사는 이들의 욕망. 그러한 욕망을 품고 다
녀온 여행의 일부가 실망스럽고 망한 것 같다 해도, 국경을 벗
어나 세계 지도 어딘가에 나만의 방점을 찍은 감각은 나를 언
제나 성장시켰다.

실체 없는 욕망을 통한 성장, 거기서 오는 기쁨.
그것이 내가 여행하는 이유다.

[목차]

[목차]

아이스 아메리카노에 대한 고찰

아이스 아메리카노 없이 하루를 시작할 수 있는가? 만약 그렇다면 여행자가 될 자질을 타고났다고 할 수 있다. 물 한 잔을 마시더라도 시원한 냉수를 고집하는 나로서는 해외의 커피 문화를 이해하기 힘들다. 뜨거운 커피만 취급하는 행태가 불편하기 그지없다. 말도 많고 탈도 많은 스타벅스지만, 해외에서 숙소를 고를 때면 필히 가까운 스타벅스의 위치도 함께 찾는 것은 나의 습관이 되었다. 독일 프랑크푸르트에 갔을 때는 스타벅스마저도 날 배신했다. 아이스로 달라는 내 주문에 수염이 덥수룩한 독일 스타벅스 바리스타는 근엄한 말투로 "온리 호트

(Only Hot)."라고 말했다. 그러고는 주문할 건지 말 건지 결정하라는 듯 턱 끝을 치키며 살짝 까닥였다. 나는 실망한 채로 커피를 받아왔다. 혀가 델 것처럼 뜨거운 아메리카노를 식혀 먹은 걸 생각하면 아직도 약간 분하다. 스타벅스는 나한테 그러면 안 됐다.

다른 나라에서는 왜 얼음이 들어간 음료를 즐겨 마시지 않을까? '물이 깨끗하지 않아서'라고 추측할 수 있다. 유럽의 물은 석회질이 섞여 있어 바로 마시기 힘들고 가깝게는 중국도 마찬가지다. 그래서 중국에는 따뜻한 차를 즐겨 마시는 문화가 발달한 것이다. 한국은 산이 많고 주로 화강암으로 이루어진 지형적 특성 덕분에 물이 정수되는 효과가 있다. 이는 전 세계적으로도 흔한 일은 아니다. 석회질이 없는, 비교적 맑은 물이 흐르는 나라는 호주, 뉴질랜드, 캐나다, 북유럽 국가 등 흔히 청정지역이라 불리는 곳과 한국, 일본 정도이다. 그래서 한국에서는 우물을 파서 물을 길어 바로 마실 수 있었다. 얼음을 얼려 먹는 것에도 자연스럽게 거부감이 없었을 것이다. 반면 석회질이 포함된 물을 마셔야 하는 국가에서는 끓여 먹어야만 질병과 각종 감염으로부터 안전했다. 아직도 중국에서는 찬 음료가 건강에 좋지 않다는 인식이 남아 있다고 한다. 그래서 중국 현지 식당에

서 먹는 맥주는 미지근한 것이라고(요즘에는 시원한 맥주를 준비해
두는 곳도 많다고 한다). 한국에는 생맥주잔을 얼려서 주는 식당
도 있는데 말이다. 게다가 과거 서양에서는 맥주, 포도주 등 술
을 물 대용으로 마셨기 때문에 이렇게 차가운 맥주는 일반적이
지 않기도 했다. 독일에서 처음 먹은 맥주에 실망한 이유도 온
도 때문이었다. 기대하던 독일 맥주의 첫입이 그토록 실망스러
울지 몰랐다. 시원하긴 했지만, '충분히' 시원하지 않았다.
목젖을 때리는 시원함에 중독된 나로서는 이러한 식음료 문화
차이가 이민을 고려하기 어려운 이유 중 하나일 정도이다. 오전
업무를 시작하기 전 일단 얼음 가득 채운 아이스 아메리카노를
식도에 밀어 넣어야 하는데, 그 의식을 행할 수 없는 곳에서 과
연 행복할 수 있을까? 고민해 봐야 할 문제이다. 해외여행을 다
닐 때마다 작은 퀘스트처럼 아이스 커피를 찾아 헤맨다. 메뉴에
없다면 꼭 얼음만 다시 달라고 한다.
"Can I get some ice?"
추가 주문한 얼음이 만족스러울 만큼 나온 적은 손에 꼽는다.
보통 작은 유리잔에 조금 담겨 나온다. 이걸 누구 코에 붙여요.
'some'이라고 말해서 그런가 싶어 이번엔 "More ice please.
Much more…!"라고 하면 그제야 원하는 만큼 받을 수 있다. 얼
음에 대한 집착을 끊어낼 때 비로소 편안하게 여행을 즐길 수

있겠지만, 아직 그렇게까지는 성숙하지 못한 나를 수용하기로 했다. 나이가 들면 '얼죽아'였던 사람들도 점점 따뜻한 음료를 마시게 된다고들 하는데 역시 나는 아직 철이 덜 들었다. 따뜻한 아메리카노를 즐길 만큼 어른이 되진 못했다.

그래도 한국인이 많이 가는 동남아나 유럽 주요 국가에서는 더 많은 아이스 음료를 취급할 필요가 있지 않을까? 더워 죽겠는데도 따뜻한 음료를 고집하는 나라에 갈 때마다 국수주의자가 된 양 얼음이 들어간 음료를 전파하고 싶은 마음이 불쑥 든다. 벅차오른 오타쿠의 마음이 되어 '시원한 게 얼마나 좋은데!' 하며 알려주고 싶다는 꼬인 생각이 든다. 그만큼 해외에서 만족스러운 아이스 아메리카노를 마시긴 힘들다. 될 수 있으면 카누와 얼음 틀을 준비해 가는 것이 얼죽아 여행자의 기본 자질이라고 말하고 싶다.

얼죽아가 즐기는 따뜻한 커피 [1]
맛집 앞의 자판기 커피. 뜨거운
믹스 커피까지 맛보는 것이 맛집
탐방의 완성이라고 생각한다.

얼죽아가 즐기는 따뜻
한 커피 [2]
정성을 다하여 드립 커
피를 내리고 있는 바리
스타, 예쁘고 고급스러
운 커피 잔, 여행지를
즐길 수 있는 경치. 삼
박자가 딱 맞는 카페를
발견했을 때는 따뜻한
드립 커피 한잔을 안
할 수 없다.

따뜻한 커피를 마신 후엔 시원한 음료로 입가심은 필수.

나의 이름은
한국 여자

"이보시라, 한국 여자. 이것 같이 먹자."

영어 한마디조차 통하지 않는 러시아 시베리아 횡단 열차에서 한국말이 들렸다. 이윽고 낯선 한국말을 구사하는 중년의 여성이 호탕하게 웃으며 내 팔을 끌어당겼다. 그가 든 접시에서 고약한 냄새가 나는 흰 액체가 출렁거렸다. 화장실에 다녀온 사이, 함께 4인실을 쓰던 여행객들은 이미 내린 모양이었고 침대에는 못 보던 거대한 검은색 봉투들이 가득했다. 이층 침대 두 대 사이에 놓인 테이블 위에는 먹을 것들이 올려져 있었다. 창문 밖으로 듬성듬성 판잣집들이 지나갔다.

그와 테이블을 사이에 두고 주춤거리며 침대에 앉았다. 가까이서 보니 거친 얼굴이었다. 짧게 자른 머리에, 낯빛은 어두웠지만 눈빛만은 강렬했다. 일순간 기차의 소음도, 통로에서 들리던 아이의 울음소리도 사라졌다.

"내 아빠, 사할린에. 사할린 뭔지 아나?"

"사할린이요? 그, 일본이 강제 징용했던….”

"그래, 그 사할린. 내 아빠 그때 여기 왔다. 나는 하바롭스크에 산다. 근데 어찌 이 열차를 타나? 내 한국말 알아듣나?"

나는 고개를 끄덕였다. 말을 '알아들을' 수는 있었으니까. 그러나 이틀간 정처 없이 움직이는 기차 안에서 정신이 몽롱해진 터라 지금이 어떤 상황인지 분간하기 쉽지 않았다.

그가 내민 음식을 묘사하자면 조금 큰 마음을 먹어야 하는데, 우선 김치찌개처럼 보이는 국에 흰색 요거트로 추정되는 끈끈한 무언가를 붓고, 그 위에 고수만큼이나 강한 향을 쏘는 풀을 찢어서 한 그릇에 넣은 것이었다. 그렇게 차례로 넣은 재료들을 섞고 나니… 도저히 숟가락을 들 수 없었다. 주황색도 살구색도 아닌 비주얼의 국을 차마 먹지는 못했다. 대신 사할린, 고려인, 만주, 일제 강점기와 같은 단어들을 곱씹었다.

"여기 놈들 완전히 개종자들이다. 어찌 여 열차를 타나? 여자 혼

자 무섭지도 않나? 내 어제 병원 갔을 때도 병원 줄이 길다고 줄
서 있는 놈들끼리 욕하고 싸우고. 아이고, 개종자들."
여성은 몇 숟가락을 뜨더니 갑자기 욕을 했다. 나는 '개종자'라
는 말을 태어나서 처음 듣는 바람에 눈을 동그랗게 떴다. 눈을
가늘게 뜬 채 보이지 않는 하루살이 떼를 쫓듯 고개를 좌우로
흔드는 그의 머리카락이 풀썩이며 먼지가 흩날렸고, 개종자들
에 대한 적개심은 계속됐다. 그가 말하는 개종자들이란 러시아
빈곤층을 뜻한다는 걸 어렵지 않게 알 수 있었다.

비현실적이다. 나는 그 순간을 정말이지 비현실적으로 기억하
고 있다. 국사책에서만 보던 사할린 지역 출생 여성과 무려 시
베리아 횡단 열차에서 대화한 순간. 이 대목을 쓰면서도 그때
의 경험이 나의 착각인 건지, 거짓의 일화를 만들어 내는 건 아
닌지 계속해서 기억을 되짚어 보아야만 했다. 그러나 나는 그
의 음성을 아직도 또렷하게 기억하고 있다. 그러니까 이건 '진짜
있었던' 일이다. 우리의 대화가 러시아의 어디쯤에서 진행되었
는지는 모르겠으나, 아마도 꽤 긴 궤적을 그리며 이어졌으리라.
어른들이 으레 묻지 않아도 본인의 이야기를 꺼내놓듯, 그 역시
내가 먼저 묻지 않아도 끝없이 이야기했다.
"나는 예카테린부르크까지 간다. (침대에 가득한 검은 봉투를 가리

키며) 저거 다 팔려고. 안 팔리면 모스크바까지. 야, 한국 사람들도 못됐다. 전에 내 엄마, 안산에 사할린 사람들 마을 있다. 거기 데려다주는 김에 거기서 몇 달 일했는데, 내 한 푼도 못 받았다. 왜냐면 나 한국 사람 아니라, 러시아 사람이라. 결국에 그, 뭐지 그거. 잊어버렸네⋯. 신고하는 데."

"⋯노동부요?"

"그래. 노동부에 신고해서 받았는데, 20만 원 덜 받았다. 야, 한국 사람들도 무섭다, 무서워."

그는 주머니가 족히 열 개는 달린 조끼에서 메모지를 꺼내 '노동부, 또 잊어버렸네.' 중얼거리며 메모를 했다. '노동부' 세 글자가 적힌 페이지는 한국어 단어로 빼곡했다. 그가 손에 쥔 몽당연필과 메모지에 적힌 단어를 복기하던 그 순간은 영화의 한 장면처럼 내게 선명히 남아 있다.

약 40일간의 유럽 여행에서 돌아오는 길에는 비행기 대신 횡단열차를 탔다. 상트페테르부르크에서 이르쿠츠크까지 거의 나흘 동안 기차를 타는 일정이었다. 마치 끊이지 않는 필름 롤처럼 하루하루가 이어졌다. 기차에 타고 처음 해가 졌을 때, 나는 후회로 점철된 밤을 보냈다. 바이칼 호수를 봐서 뭐 한다고, 비행기 탈 걸, 뭐 하러 기차를 타서, 뭐 하러⋯. 지금처럼 인터넷에서 쉽게 시베리아 횡단 열차 후기나 팁을 얻을 수 있던 때도 아니었다. 정보의 장인 네이버에 검색해 봤자, 일기 형식의 글만 나올 뿐 영어가 통하지 않는다는 것 말고는 제대로 된 정보 하나 없었다. 그런 열차에 탄 건 객기에 가까운 일이었다.

나는 왜 러시아대륙을 횡단했나. 대학 시절의 끝을 향해 가던 때, 시간이란 무형의 존재를 허공에 버리고 싶었는지도 모른다. 마지막 학기 복학을 앞두고 나의 인생이 어디로 흘러갈지 모른다는 막막함에 시달렸다. 현실의 감각을 마비시키는 여행이 끝나갈수록, 내가 사는 땅이 가까워질수록 '진짜 현실'을 떠올리지 않으려 더욱 노력했다. 분명 도피 여행이 아니었는데, 시간이 흐를수록 도망가고 싶다는 생각이 들었다. 이미 여행 중인데도 어디론가 또다시 도망가고만 싶었다.

기차에서는 한숨도 잘 수 없었다. 누워 있다 보면 잠들 거라는 건 대단한 착각이었다. 잠시도 쉬지 않고 달리는 기차 안에서 나는 끊임없이 흔들리고 또 흔들렸다. 막 세상을 알아가던 스물다섯. 세상을 겪을 만큼 겪었고 이제는 무언가 알 것도 같다는 착각에 빠졌던 그 여름, 혼돈의 기차에서 만난 사할린 출생의 여성분을 나는 이따금 떠올린다.

그는 아직도 검은 보따리를 멘 채 안산과 예카테린부르크를 오가고 있을까. 그 더께 안에 들어 있던 물건은 무엇이었을까. 그가 내게 권했던 음식의 정체는 무엇이었을까. 내가 그 순간을 떠올리는 것처럼, 그도 나를 기억할까. 그를 떠올릴 때마다 누군가의 기억에 오래 남는 데는 그리 긴 시간이 필요하지 않다는 사실도 깨닫는다. 몇 개월, 몇 년을 부딪쳐도 어느 순간 기억에서 사라지는 사람들이 있는가 하면 몇 시간의 대화만으로도 오래 기억되는 무명의 이들이 있다.

횡단 열차에 올랐던 나의 마음가짐은 희미해진 반면 '김치찌개 요거트고수국'을 건네받던 그 순간은 웬만해선 잊히지 않을 것 같다. 아마 잊어버리고 싶지 않다는 표현이 더 정확할 것이다. 대한민국이라는 좁은 땅 안에서 허우적거리던 내게 막막한 미래의 목적지를 묻고 자신의 삶을 주저 없이 보여줬던 사할린 우먼. 지구본 한 바퀴를 돌려 나의 궤적을 길게 남기고 싶은 욕심만 가득했던 내게 '진짜 삶의 궤적'을 가지고 불쑥 들어온 사할린 우먼. 나는 그를 오래 기억할 것 같다.

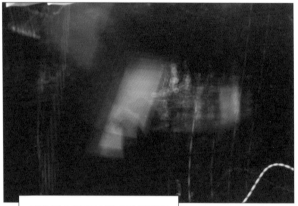

별것 아닌 걸로도 방황하던 20대의
흔적. 솔직히 지금 생각하면 뭐가 그
렇게 심각했나 싶어 살짝 민망하지
만... 나만 그런 건 아니겠죠?

이층 침대 아래로 머리를
거꾸로 쏟은 모양. 몇 월
며칠이었는지, 몇 시였는
지, 어디였는지, 아무것
도 알 수 없다.

02

환승이별과
자전거 여행 1

'자전거 타고 국토 종주할 사람?'

어느 날 고등학교 간부 수련회를 인연으로 만난 친구들 단톡방 알림이 울렸다. 대학교 3학년 때까지만 해도 그 단톡방은 활발했다. 국토 종주 자전거 여행을 제안한 건 다른 여고 회장이었던 J였다. 친한 사이는 아니었지만 늘 좋게 보던 아이였다. 흥미로운 한편 당황스러운 제안에 응한 건 단톡방에 있던 서른 명 중 나 하나였다. 청춘 같잖아, 국토 종주라는 게. 우리는 여름방학이 시작되자마자 여행을 떠나기로 했고 계획은 딱히 세우지 않았다. 아라자전거길-한강 종주 자전거길-남한강 자전거길-새재자전거길-낙동강자전거길까지 약 600km의 자전거길 코스만 알아두고 아무것도 준비하지 않은 채 떠난 것이다.

떠나기 이틀 전 나는 2년간 만난 애인에게 완전히 차였다. 헤어지고 만나기를 반복하던 사이라 언제가 마지막인지는 명확하지 않지만, 어제까지 나와 함께였던 사람이 다른 이의 손을 잡고 웃으며 내 앞을 스쳐 지나간 날이 진짜 헤어진 날이라고 생각하기로 했다. 그게 국토 종주 여행 이틀 전이었다. 여행을 시작하기 7시간 전까지 술만 마셨다. 만나는 내내 서로 상처를 주고받다가 잘 떼어지지 않는 스티커를 억지로 뗀 자리처럼 마지막까지 끈적하게 흔적을 남기고 끝났다.

소주 4병을 마신 나는 여행 당일 약속 시간을 한 시간 남기고 눈을 떴다. 인천까지 가야 하는데, 곧장 씻고 출발해도 늦은 시간이었다. 심지어 짐도 싸지 않았다. 6박 7일 일정에 뭐가 필요한지도 떠오르지 않았다. 속옷과 옷가지를 가방에 이리저리 쑤셔 넣은 뒤 자전거를 끌고 공항 철도를 탔다. 국토 종주의 시작점인 인천의 인증 센터에서 오랜만에 만난 친구와 어색하게 인사했다. 숙취 때문에 어지럽고 토할 것 같았지만 티 내지 않기 위해 웃었다. 시작부터 친구를 실망하게 하고 싶지 않았다.

"갑자기 자전거 여행은 왜 가자고 했어?"

진짜 궁금한 걸 물었다. 친구는 트레이너로 일하고 있었고 혼자 자전거로 국토 종주를 시작하려다가 누군가와 같이해도 좋겠다 싶어 물어봤다고 했다. 여기저기 많이 물어봤는데 선뜻 답을 준 사람이 나뿐이었다고, 100명한테는 물어본 것 같다고 했다. 나는 왜 여기 있는 걸까? 단톡방에 가겠다고 답장을 보낸 두 달 전의 내가 잠시 원망스러웠지만, 이별의 아픔을 잊기에 나쁜 선택은 아닐 것 같았다.

아라자전거길은 21km로 비교적 탈 만하고 볼거리도 많다. 주말이라 나들이 나온 가족들도 많았다. 숙취가 심했지만, 시원한 바람을 맞으며 자전거를 타니 한결 나았다. 아라자전거길을 지나 한강 종주 자전거길에 들어섰다. 그때부턴 10km에 한 번씩 화장실을 갔다. 한 번은 토하고 한 번은 아래로. 눈물, 콧물도 다 뺐다. 몸에서 나올 수 있는 모든 액체가 쏟아졌다. 화장실에서 보내는 시간이 길어져 어느 순간부터 친구를 놓쳤다. 광나루 자전거공원 인증 센터 근처였다. 포기하려면 지금이었다. '지하철이라도 타야 하나' 싶을 때 친구에게서 전화가 왔다.

"어디야?"

"나 지금 조금 힘들어서 쉬는 중이었어. 금방 그쪽으로 갈게."

조금 더 가보기로 했다. 첫날은 양평 근처의 찜질방에서 묵었다. 죽을 것 같던 고비를 무수히 넘기고 드디어 내일부터는 여행다운 여행을 해보자고 마음먹었다.

다음 날 아침, 생리가 터졌다. 재앙이다. 10시간 동안 좁은 안장에 앉아 페달을 밟아야 하는 자전거 여행 중에 생리가 터진 건 신의 농간이었다. 주기가 정확한 편인데 이때로 여행을 잡은 내 탓인 걸 알고 있지만 신이라도 탓하고 싶은 심정이었다. 생리통이 심한 편인 데다가 아무런 준비를 안 해온 탓에 필요한 모든 것을 다 편의점에서 구비했다. 진통제를 입에 털어 넣고 길을 나섰다.

세상이 싫었다. 온갖 우울한 생각이 들기 시작했다. 예쁘게 펼쳐진 풍경은 눈에 들어오지도 않았다. X가 나를 지나치며 행복하게 웃던 모습이 자전거길 위에 아른거리곤 했다. 눈물이 나서 앞도 잘 보이지 않았다. 자전거 여행의 장점은 친구와 함께해도 둘 다 앞만 보고 있다는 거다. 친구는 내가 계속 우는 것을 눈치채지 못했다. 한 번 들킬 뻔했지만, 눈에 먼지가 들어간 척하며 잘 넘겼다. 둘째 날에는 밤이 될 때까지 자전거를 탔다. 그렇게 나는 땀과 눈물을 흘리며 여행 2일 차, 생리 1일 차, 이별 4일 차의 하루를 견뎠다. 온몸이 만신창이인 채로 모텔에서 기절하듯 잠들었다. 내일은 제발….

아침에 일어나서 핸드폰을 확인하는데 페이스북 알림이 요란스럽게 울렸다. 뭐지?

OOO님이 연애 중입니다.

X가 연애 중이라는 사실을 공표했다. 헛웃음이 났다. '하, 참나. 진짜 너무하네.' 국토 종주 3일 차, 또 울면서 자전거를 탔다. 담배도 피웠다. 자전거길을 벗어날 때마다 옆의 라이더 아저씨들이 한쪽 손에 담배를 끼고 피우길래 나도 따라서 한 대 꺼내 물었다. 눈에선 눈물이 계속 나고 코와 입에선 연기가 뿜어져 나왔다. 내 꼴이 우스웠다. '꼴값하네.'

이화령 휴게소쯤에 다다라서 저녁을 먹으러 민물고기 매운탕 집에 들어갔다.

"내일부터 비가 많이 온다는데 괜찮겠어요?"

사장님의 물음에 친구와 눈을 맞추고는 괜찮을 거라는 눈빛을 주고받으며 고개를 한 번 끄덕였다.

"네, 갈 수 있는 데까지 가보려고요."

저녁을 먹고 조금만 더 가려 했는데 어느새 해가 떨어졌다. 가장 가까운 숙소는 식당에서 40km 거리에 있었다. 이미 120km를 달려온 우리는 공황에 빠졌다.

"아, 이래서 자전거 국토 종주하는 사람들이 침낭이랑 텐트를 가지고 다니는구나."

준비도, 사전 조사도 너무 안 하고 온 탓이었다. 온종일 울어서 퉁퉁 부은 내 눈, 어디로 가야 할지 모르는 지금 이 상황, 함께 온 친구에게 말하기 부끄러워 현재 실연의 고통을 겪고 있다고 말도 못 하는 나 자신. 모든 게 어이가 없어 웃음이 터져 나왔다. 친구는 의아한 얼굴로 나를 쳐다봤다.

"어이가 없어서 웃음이 나네. 뭐 어쩌겠노, 타고 가야지. 일단 가보자."

비가 조금씩 내려 안개 낀 밤, 우리 둘은 페달을 열심히 밟으며 달리고 또 달렸다. 왠지 자유로워진 느낌에 취해보기도 했다. 가로등이 거의 없는 시골길을 달리고 있는데 어디선가 개가 짖는 소리가 들렸다. 와, 시골 개는 목청도 크다. 왕! 왕왕! 아오우! 여기까지 들렸을 때 생각했다.

'이게 개가 맞나?'

그 소리는 점점 더 가까워졌고 달빛으로 개가, 아니 개들이 보였다. 분명 개인데 눈빛이 예사롭지 않았다. 들개였다. 인간에게 보이는 적개심이 느껴졌다.

"J야! 물리면 절단 난다! 최대한 빨리 밟아라!"

앞서가던 J에게 소리치고는 미친 듯이 페달을 밟았다. 얼마나 도망쳤을까. 쫓아오던 개들의 숨소리와 발소리가 멀어졌다. 그제야 슬쩍 뒤돌아보니 들개 5~6마리가 일렬횡대로 서서 도망가는 우리를 쳐다보고 있었다. 개들이 보이지 않을 때까지 다시 전속력으로 달렸다. 정신도 몸도 다 너덜너덜해진 채 마침 앞에 보이는 여관에서 하루를 묵기로 했다.

J가 씻고 있는 사이 전화가 왔다. X였다. 이미 폐허가 된 마음 위로 핵폭탄이 떨어졌다. 하지만 그렇다고 받지 않을 순 없었다.

"여보세요?"

X는 내게 뭐 하냐고 물었다. 나 여행 중이야. 여행 어떻냐, 괜찮냐는 질문에 눈물이 났다. '사실 나 오늘 들개한테 물려서 광견병에 걸릴 뻔했고 그저께 한강에서 숙취 때문에 정말 죽을 뻔했고 무엇보다 너의 연애 중 알림에 무너질 뻔했다'라고 말하고 싶었다. 우는 걸 들키지 않으려 애쓰며 대답했다.

"뭐, 괜찮지. 자전거 여행이라 힘들긴 해."

X는 내 대답은 중요하지 않다는 듯 말을 이어갔다. 혹시 페이스북을 봤냐고. 자기는 올리기 싫었는데 지금 만나는 애가 올리고 싶어 해서 올렸다고, 올리고 나니 신경 쓰여서 전화해 봤다고. 아, 나 때문이 아니라 자기 자신 때문에 전화했구나.

"그럼 그냥 잘 사귀지, 왜 전화를 하고 그러냐. 이건 나한테도 지금 만나는 분에게도 못 할 짓이지. 근데 너 어떻게 나한테 그럴 수가 있냐?"

질척거리자마자 X는 전화를 끊었다. 정말 끝났다. 계속 눈물이 나서 숙소로 돌아갈 수가 없었다. J에게 말할 자신이 없었다.

숙취에 시달리던 첫째 날

이틀 차, 앞서가는
나는 아마 울고 있
을 거다. 자전거
여행의 장점은 친
구도 나도 앞만 본
다는 것.

아라자전거길과 한강 종주 자전거길 서울 구간 도장을 모두 모았다. 이쯤에서 돌아갔어도 좋았겠다는 생각이 든다.

힘들 땐 자전거를 세워 놓고 길에 앉아 풍경을 바라보곤 했다. 아마 난 이때도 울고 있었을지도 모른다.

환승이별과
자전거 여행 2

국토 종주 자전거 여행 4일 차. 비가 온다는 소식에 우비를 사러 동네 구멍가게에 들렀다. 우비를 고르고 있는데 주인아저씨가 말을 걸어왔다. 국토 종주하는 거냐고 묻고는 우비는 찢어질 수 있으니 차라리 어부들이 입는 작업복을 사라고, 값이 싸기도 하고 무엇보다 방수가 기가 막힌다고 했다. 솔깃한 우리는 둘 다 작업복을 손에 들고나왔다.

이제 더 이상 예뻐 보이지 않는 풍경을 보며 다시 지루하게 달렸다. 하류로 갈수록 강의 너비는 넓어졌고, 길어졌고, 점점 더 끝이 보이지 않았다. 포기하고 싶었다. 지긋지긋하게 펼쳐진 자전거길에 환멸이 나기 시작했다. 누구에게든 저주를 퍼붓고 싶은 심정으로 자전거를 타는데 비가 내리기 시작했다. 정말이지 미친 듯이 쏟아졌다. 앞이 보이지 않았다. 구멍가게 주인아저씨 말처럼 작업복은 방수가 기가 막혔고 코가 막히게 이상한 냄새가 났다. 플라스틱이 썩는 것 같은 냄새가 올라와서 머리가 어지러울 정도였다. 그래도 당장 작업복을 벗기엔 추워질 것 같아 꾹 참고 자전거길을 마저 달렸다.

문경을 지나 상주. 이제 자전거길 옆으로 낙동강이 흐르고 있었다. 부산까지 약 300km가 남았다는 의미였다. 낙동강을 바라보면서 '이걸 언제까지 해야 해' 하며 경멸하고 있을 때, 자전거가 뒤집혔다. 나는 날아서 풀밭에 떨어졌다. 비 때문에 보이지 않았던 웅덩이에 바퀴가 빠져 자전거가 뒤집힌 것이다. 무릎이 찍히고 까져 피가 많이 났지만 내가 날아가는 걸 바로 뒤에서 목격한 친구는 그 정도면 하늘이 도왔다고 했다.

유일하게 챙겨 온 준비물인 비상 약품으로 지혈하고, 좀 쉬어가기 위해 편의점에 들어갔다. 물을 계산하려고 점원에게 체크 카드를 건넸는데 점원이 난처한 표정으로 나를 봤다.

"혹시 다른 카드 있으세요? 잔액이….”

앞으로 3일은 더 남아 있었다. 숙소를 구해서 자야 하고 밥도 먹어야 하는데, 통장에 고작 1,500원이 없었다. 잔액이 없는 걸 눈치챈 J가 대신 물을 사줬다. 나는 한숨을 쉬며 아버지에게 문자를 보냈다.

'아빠 진짜 미안한데 지금 30만 원만 보내줘. 다음 달 용돈에서 까줘….'

J는 조심스럽게 말을 꺼냈다.

"이 근처에 내 친구 자취방이 있는데 지금 비었대. 오늘은 거기서 잘까?"

참 착한 친구다. 뭐가 됐든 숙소비가 굳는 건 좋은 일이니까 흔쾌히 응했다.

"너무 좋지. 어디쯤인데?"

"아, 근데 우리가 가던 길에서는 좀 멀어. 한 50km?"

아…? 그… 그래. 좋지, 뭐. 우린 자전거길에서 벗어나 J의 친구가 말해준 주소로 향했다. 비가 오다 멈추다 반복하는 통에 속도를 내긴 힘들었다. 또 날아갈지 모르니까 조심해야 했다.

밤 11시가 넘어서 J 친구의 자취방에 도착했다. 이번 여행에서 제일 좋은 숙소였다. 그제야 우비로 썼던 작업복을 조심스럽게 벗었다. 썩은 내가 났다. 숙취가 다시 올라오는 것처럼 구역질이 났다. 내 몸에서 그런 불쾌한 냄새를 맡은 건 아마 처음이자 마지막일 거다.

욕지기가 나는 걸 겨우 참아가며 씻고 만신창이인 몸을 눕혔다.

누운 채 여행을 시작하고 처음으로 친구와 대화를 나눴다. 친구는 내게 '예전부터 너를 참 좋은 친구라고 생각했다'고 했다. 나도 그렇다고 답했다. 그래서 너를 잘 모르지만, 이 힘든 여행을 같이할 수 있을 거라는 생각에 오게 됐다고. 우리는 서로의 우정을 확인하고 스르륵 잠들었다. 그날 그냥 잠들었으면 안 됐다. 스트레칭이든 찜질이든 무엇이라도 해야 했다.

여행 5일 차 아침. 지난밤 누군가가 나를 몽둥이로 팬 것이라고밖에 말할 수 없는 고통이 몰려왔다. 모든 관절의 움직임이 불편했고 근육통도 상당했다. 좁은 안장에 부대낀 엉덩이는 짓눌려 없어진 듯했다. 설상가상 다친 무릎까지 부어올랐다.

나는 이번에도 친구를 실망시키고 싶지 않은 마음으로 온몸에 파스를 붙이고 자전거에 올랐다. 자취방은 대구 외곽이었고 친구는 볼일이 있다고 하며 잠시 대구 시내로 들어갔다. 30분 정도 기다렸을까? 저 멀리서 친구가 절뚝거리며 자전거를 끌고 오는 모습이 보였다. J의 한쪽 다리는 피투성이였다. 차를 피하다가 미끄러져 다쳤다고 J는 의연하게 말했지만 지쳐 보였다. 그때 직감했다. 아, 그만해야겠다.

"야, 우리 국토 종주에 목숨까지 걸 필요는 없잖아. 일단 기차 타고 부산 가자."

상처 가득한 다리를 절뚝이며 부산행 무궁화호에 올랐다. 국토
종주를 끝내지 못한 게 아쉽다면 부산에서 거꾸로 올라가는 코
스로 완주해 보자고 약속했다. 기차 한쪽에 자전거를 싣고 통로
에 쪼그려 앉아 부산까지 내려갔다.

집에 도착하자마자 모든 근육이 풀어졌다. 괄약근까지. 장염이
시작된 것이다. 그렇게 5일을 앓아누웠다. 몸무게는 6kg이 빠
져 있었다. J는 부산에서 이틀을 쉰 뒤, 국토 종주를 재개하러
대구로 올라갔다고 했다. 내게도 함께 가자고 청했지만 수락할
수 없었다. 괄약근이 말을 듣지 않아서였다.

장염이 가라앉은 뒤, 나는 낙동강하구둑 인증 센터로 향했다.
지하철을 타고 가서 국토 종주 수첩에 도장을 찍었다. 중간은
뛰어넘어 버린, 20% 부족한 국토 종주였지만 그렇게라도 마무
리 짓고 싶었다.

그곳에서 X도 마무리했다. 모든 사진을 지우고 메시지도 지웠
다. 통화 기록도 지우고 카카오톡 대화도, 번호도 지웠다. 지질
한 내 모습이 미워지기 전에 X의 흔적을 전부 삭제했다.

주변을 혼자 산책하며 그렇게 이별도 여행도 끝냈다. J에게 낙
동강하구둑 인증 센터 도장을 사진 찍어 보냈다.

'난 이렇게 얼레벌레 국토 종주 끝냄. 너라도 제대로 해줘라.'

답장이 왔다.

'거의 다했지 뭐. 우리 같이한 거잖아.'

역시, 좋은 친구다. 여행 후유증이 완치되고서야 서울로 돌아왔다.

"야, 그거 들었어? 네 X, 걔랑 헤어졌대!"

길에서 우연히 만난 호사가 Q의 뒷담화에 피어오르는 미소를 감출 수 없었다.

"그러다가 너한테 다시 연락 오는 거 아니야?"

호사가 Q는 예언가이기도 했다. 며칠 뒤, 늦은 밤에 전화가 왔다. 잠시 나올 수 있냐고 묻는 X. 나갈 수 없다고 답했다. 왜냐면 나한테 넌 이미 낙동강 오리알이거든.

자전거길은 보행로와 차도의 중간에 있다. 때문에 수없이 많은 육교를 건넜다. 자전거 여행에서 육교는 '넌 자동차와 함께 다닐 수 없어' 하며 주의를 주는 느낌이다. 차에서 보는 풍경보단 자세하고, 걸으며 보는 장면보단 속도감 있다. 자전거만이 주는 매력이 있다.

잊고 있었는데 자전거 바퀴도 펑크가 났었다. 자전거를 끌고 몇 킬로를 걸어가 수리를 했다.

J와 나는 서로를 찍어줬다. 둘 다 사진에는 재능이 없었고 당시 유행하던 카메라 어플을 사용했다. 필터가 세월을 말해준다.

새벽까지 달렸던 날. 이렇게 가로등 아래로 달리면 하루살이와 잦은 접촉 사고가 난다. 여행 막바지엔 입에 들어와도 단백질이라 여기고 신경도 안 썼다.

03

18살의
카타르시스를 위하여

나의 첫 해외여행을 설명하기 위해서는 18살의 나를 먼저 설명
해야만 한다. 18살의 서슬. 가젤을 뒤쫓는 마음을 간직한 채로
동물원 안에 붙잡혀 온 사자처럼, 책상 앞에 가지런히 앉아 주
어진 숙명을 받아들이는 고등학생이었다. 같은 반 친구들도 각
자의 방식으로 분출되지 못한 욕망을 풀어냈다.

스마트폰이 없던 시절, 우리의 욕망을 표출할 대상은 남자 아이
돌뿐이었다. 교실을 가득 메운 여자아이들은 2PM과 샤이니 중
한 그룹을 골라 그들을 향해 애정을 쏟아냈고, 점심시간마다 어
떤 그룹의 뮤직비디오를 먼저 볼 것인지 순서를 정했다. 30분

남짓의 짧은 시간 동안 살풀이 같은 춤사위가 벌어지는가 하면, 좋아하는 멤버에게 손 편지를 쓰는 이들도 있었다. 돌이켜 보건 대 그것은 우리에게 주어진 숙명을 극복하려는 몸부림이었다. 그중 친구 N의 방식은 조금 독특했는데, N은 일본 문화에서 해답을 찾았다. 그 친구는 이미 회화에 막힘이 없을 정도로 일 본어에 능숙했고, 한자는 일찌감치 포기한 나와 달리 일본 생 활 한자까지 술술 쓸 수 있는 정도였다. N은 물 건너 일본에서 10~20대를 대상으로 발행되는 잡지를 구독해서 받아 보았고, '퍼퓸'이라는 3인조 여성 그룹을 좋아했다. 예나 지금이나 10대 여학생들에게 자신이 좋아하는 그룹을 친구에게 영업하는 일은 매우 중요한 사명이었기에, N의 영업에 힘입어 나도 퍼퓸의 무 대 영상을 꽤 찾아보았다.

세련된 무대 매너를 뽐내면서도 각자의 개성이 돋보이는 영상 을 보고 있으면 한국의 아이돌 무대에서는 볼 수 없던 새로운 매력이 느껴졌다. 그렇게 나는 당시 좋아하던 빌보드 팝, 2PM 과 샤이니(사실 나는 샤이니파였다), 그리고 퍼퓸의 카타르시스를 유랑했다.

그러나 우리에겐 영상이 주는 카타르시스는 한참 모자랐다. 물 론 나의 학창 시절 가장 큰 일탈은 야자 빼고 매점에서 친구들과 몰래 치킨 시켜 먹기에 불과했지만, 그 정도의 일탈로는 채워지지 않는 목마름이 있었다. 다행히 나와 비슷한 갈증을 느끼는 두 명의 친구가 있었다. 일본어 능숙자 N과 나처럼 호기심이 많은 S였다. 이미 일 년 넘게 같은 교실에서 부대끼며 진득한 우정을 쌓아온 우리는 발칙하게도 여름 방학을 맞아 도쿄 여행을 가기로 의기투합했다. 그렇게 결성된 일본 트리오는 일사불란하게 여름 방학을 겨냥해 여행 계획을 짰다.

지금 생각해 보면 부모님은 뭘 믿고 18살의 나를 다른 나라에 보낼 수 있었는지, 그 믿음이 어디서 나왔는지 너무나 의아하다. 당시 내가 설득했던 전략은 다음과 같았다.

1. 친구가 일본어 능통자이며, 도쿄에 친구의 고모가 살고 계시니 그곳에도 우리를 살필 어른이 있다. (우리가 계획한 여행과 상관없는 사실이었다.)

2. 얼마 전 장학금을 받아 학비가 감면됐다. 따라서 그 돈으로 여행을 보내주었으면 한다. (사립 고등학교여서 학기마다 학비가 있었다. 그러나 장학금은 내 기억에 30만 원 정도였고, 당연히 비행깃값도 안 나온다.)

3. **갔다 오면 공부 열심히 하겠다. (가장 중요)**

이토록 단출한 프레젠테이션에도 엄마는 선뜻 여행 경비를 내주었다. 지금 다시 생각해 봐도 엄마의 결정이 그저 놀라울 따름이다. 다른 친구들도 각자의 방식으로 어렵지 않게 여행 경비를 받아냈다. 역시 놀랍다. 공항까지 갈 때는 아빠가 데려다주었는데, 그제야 조금 걱정되기 시작했다. 그러나 이미 늦었다. 잠시 후, 우리는 JAL 비행기에 올라탔다. 난생 첫 비행기였다.

스마트폰이
없어진다면

질문 1. 스마트폰이나 전자 기기 일체가 없다면, 당신은 비행기에서
무엇을 할까요?

질문 2. 당신은 스마트폰 없이 여행해 본 적이 있나요?

질문 3. 스마트폰 사용이 금지된다면, 당신은 해외여행을 갈 자신이
있나요?

PMP가 처음 출시되었을 때의 전율을 잊지 못한다. 손바닥만 한
기기 안에 영상이 들어가고, 전자사전이 실행되고, 음악이 재생
되는 놀라운 기기. 크기도 작아서 수업 시간에 몰래 재생할 수

있기까지 한 앙큼한 기기와 그 위에 덧씌워진 플라스틱 껍데기의 감촉은 여전히 잊히지 않지만, 이제는 스마트폰이 없는 삶을 감히 상상할 수 없는 시대가 되었다. 스마트폰 없이 여행할 수 있을까? 구글맵을 빼앗아 간다면 여행을 포기할 수도 있을 만큼, 인공위성이 쏘아주는 편리함을 거역한 채 여행을 간다는 건 쉬이 받아들이기가 어렵다.

그러나 18살의 우리가 살던 세상에는 스마트폰이 없었다. 펼치면 상반신이 다 가려질 정도의, 종이로 된 도쿄 지도와 지하철 노선도가 전부였다. 유심, 로밍과 같은 단어도 선택지에 없던 여행이었다. 물론 N의 일본어 능력을 철석같이 믿었기에 가능한 일이었지만, 많이 헤매야 했다. 그러나 우리는 18살이었다. 건장한 체력을 가졌던 시절, 한여름의 땡볕에도 아랑곳하지 않는 청소년 세 명은 시부야부터 오다이바까지 도쿄의 모든 명소를 3일 만에 주파했다.

나리타 공항에 도착한 우리의 숙소는 신오쿠보에 있었다. 나리타 익스프레스를 타고 1시간을 이동한 우리는 숙소에 짐을 풀자마자 시부야의 밤거리를 보기 위해 밖으로 나왔다(지하철로 약 40분 정도 걸리는 거리였으니 지금이었다면 저녁을 룸서비스로 해결하고 호텔에서 쉬었겠지만, 그땐 18살이었음을 기억하자). 실로 대단한 인파가 우리를 반겼다. 분명 도쿄의 첫인상은 서울과 비슷했으나, 훨씬 더 많은 사람이 한꺼번에 움직이면서도 개개인이 더 또렷하게 보이는 느낌이었다.

이 느낌은 일본의 라멘집 '이치란'에 들어서자, 시각적으로 구체화되었다. 개인의 기호에 따라 선택할 수 있는 키오스크에서 주문을 마친 뒤 입장했다. (키오스크 주문도 처음 해봤다.) 번호가 배정된 테이블 앞에는 주방을 가리는 얇은 발이 내려와 있고, 자리의 양옆은 칸막이로 막혀 있었다. 오롯이 라멘과 나만을 위한 공간이 펼쳐졌다.

독서실을 피해 왔는데 다시 독서실로 온 기분이었다. 나는 아연실색하면서도, '혼밥'을 위한 장소가 보편화 된 이곳의 문화가 신기했다. 다만 한국 사람으로 입장해 모든 맛을 기본으로 선택해서 먹은 죄로, 느끼한 국물을 이기지 못하고 절반가량을 남길 수밖에 없었다. 내가 알고 있던 느끼함과는 비교가 되지 않을 만큼 상상 초월의 느끼함이었다. 한국에서 먹는 외국 음식은 모두 '현지화' 과정을 거쳤다는 걸 그때 처음 알게 되었다.

첫 식사를 애매하게 마친 우리는 '시부야109'로 향했다. 지금 되짚어 보면 '두타'와 하등 다를 게 없는 건물이었건만, 우리는 그 안에 늘어선 알록달록한 옷과 잡화를 정신없이 구경했다. N의 어깨너머로 본 잡지 속 문화가 눈앞에 나타나자 마치 문화 사절단이 된 듯한 마음으로 그것들을 살펴보았다. '도대체 이걸 누가입지' 싶은 패션을 입고 돌아다니는 갸루 언니들을 보며 감탄했고, 우리는 그곳의 문화에 '개성과 자유'라는 라벨을 붙였다.

지도 한 장만 든 채 우리는 아사쿠사, 지유가오카, 하라주쿠, 후지TV, 롯폰기, 긴자, 신주쿠 등을 돌아다니며 대단히 많은 곳에 도장을 찍었다. 우여곡절이 없었던 것은 아니다. 무심코 헤매던 골목에서 홍등가를 보고 입을 틀어막은 채 줄행랑을 쳤고, 하나비 대회가 열리는 곳을 찾지 못해 몇 시간을 헤매기도 했다. 아무리 언어가 통한다고 해도, 원하는 장소에 한 번에 가려면 대단한 행운이 따라야 한다는 걸 몰랐던 때였다.

그래도 우리는 한 번도 다투지 않았다. 서로 상황을 살피며 배려했고, 먹고 싶은 것은 합의하고 먹었으며, 가고 싶은 곳도 상의해 쏘다녔다. 다시 돌아가면 꼼짝없이 책상 앞에 갇힐 신세가 된다는 걸 누구보다 잘 알고 있었기에, 우리는 한국에서 학생이었던 적이 없는 것처럼 도쿄에 동화됐다. 그 누구도 공부 얘기를 꺼내지 않았고, 돌아가서 있을 학교생활을 걱정하지 않았다. 한편으로는 불안하면서도 다른 한편으로는 다시 오지 않을 이 순간을 즐기자는 마음은 모두가 같았을 것이다.

18살의 도쿄 여행이야말로 내 인생 최대의 일탈이 아니었을까. 혼자도 아니고 세 명이 함께 주어진 운명을 거스른 일생일대의 일탈. 이 여행을 다녀와서 내 수험 생활이 망하면 어떡하나 걱정하면서도, 어딘가 다른 곳으로 떠나보고 싶다는 욕구를 거스를 수 없었던 단 한 번의 여행. 앞으로의 인생이 어떻게 흘러갈지 모르던 18살에 말이다.

시간이 많이 흘러 누가 먼저 일본 여행을 제안했는지 기억나지는 않지만, 그곳에 갈 수 있었던 건 친구들이 있었기 때문이다. 다른 아이들이 여름 방학 특강을 들을 때, 서로가 서로의 팔짱을 끼고 시부야 거리를 활보하던 그날의 기억.
나는 가끔 그때를 생각하면 울컥한다. 아직 모르는 게 많아 호기심이 왕성하던 때, 나를 끌어당긴 도쿄와 친구들의 모습은 이후의 나의 여행을 이루는 근간이 되었다. 스마트폰이 없어도 여행할 수 있었던 건 서로를 믿는 끈끈한 우정이 있었기에 가능했다는 걸. 그때는 몰랐지만, 이제는 안다.

여행을 다니다 보면, 때로는 GPS도 틀릴 때가 있다. 위치를 정확히 잡지 못해 엉뚱한 지도에 나의 좌표를 표시하기도 하고, 이미 없어진 장소나 길을 안내하기도 한다. 그러나 내가 가진

18살의 경험은 그대로 그 자리에 있다. GPS보다 정확한 자리에. 영화 〈이터널 선샤인〉 속 기억 지우개처럼 애써 그 기억을 지우지 않는 이상, 18살 7월의 도쿄는 영원히 내 마음 한편에 남아 있을 것이다.

처음 마주한 시부야 거리. '다른 나라에 왔다!'를 실감한 순간

18살 인생에서 가장 느끼한 음식이었던 일본 라멘. 혼밥 문화가 없던 시절, 독서실에서 먹는 밥은 충격이었다.

일본 여행을 위해 장만한 원피스. 지금까지도 파란 계열의 색을 선호한다는 것 이외에는 취향이 많이 변했다.

인파에 휩쓸려 다니던 순간
들. 마냥 재밌었다.

04

"이 집은 물이 제일 맛있네."
금지

우리 가족은 한 해를 마무리하며 다 같이 여행을 가서 해돋이를 보거나 연말 파티를 한다. 언니가 만든 암묵적인 규칙이다. 연말, 연초마다 내게 부산이나 다른 지방으로 가족들을 보러 오라고 하는 언니가 특이하다고 생각했다. 외국에서 살다 온 사람이 왜 저렇게 보수적으로 자랐을까, 싶었다. 오히려 외국에서 살았기 때문에 이런 가족적인 문화를 지키고 싶어 했다는 걸 나이가 들어서야 이해했다. 언니가 홈스테이를 하던 호주의 노부부 집에는 1년에도 몇 번씩 다 큰 자식들이 찾아와 온 가족이 식사했는데, 그 모습이 인상적이고 좋아 보였다고 여러 번 말하기도 했으니 말이다.

'연말은 가족과 함께'. 내가 서울로 대학을 가면서부터 생긴 이 규칙은 언니의 부단한 노력으로 계속 지켜졌다. 가족 구성원이 다들 바쁘고 여유가 없을 때 언니가 모든 경비를 대준 덕에 다함께 해외여행을 가기도 했다. 이제 언니가 했던 노력과 희생에 대한 보답으로 모두가 이 규칙을 유지하고 있다.

2022년 연말, 이번엔 내가 가족들이 다 모일 기회를 만들고 싶었다. 강릉에 있는 2층짜리 펜션을 통째로 빌릴 테니 그곳에서 연말을 보내자고 제안했다. 부모님과 남동생, 언니와 형부, 조카, 깔롱이(반려견) 그리고 나까지 대가족의 여행이었다.

2021년과 2022년에는 정말 일만 했다. 숨도 안 쉬고 일하다 보니 눈치채지 못한 사이 연말이 다가온 듯한 기분이 들었다. 날 위한 보상이 필요했던 동시에 언니가 그랬듯 나도 가족들에게 연말 여행을 선물하고 싶었다. 그땐 마침 내가 하고 있던 일을 거의 다 그만두었던 시기였기 때문에 큰마음을 먹고 목돈을 쓰기로 작정했다. 2023년에는 경제 활동이 잦아들 것 같아 언제 또 돈을 들여 가족들에게 여행을 선물할 수 있을지도 모를 일이었다.

숙소는 비쌌다. 하루에 100만 원 정도 하는 2층짜리 주택을 이틀이나 빌렸기 때문에 숙박비만 해도 200만 원 정도였다. 그래도 가족에게 함께할 시간을 선물할 수 있다는 자체가 기뻤다. 내가 원했던 건 그냥 가족들이 잘 즐겨주는 모습이었다. 그 안에서 나 역시 안정과 행복감을 잠시 느낄 수 있을 거라 기대했다.

나의 기대를 깨버린 건 엄마의 무심한 말이었다. 숙소에 도착하고부터 엄마의 발언이 신경을 건드렸다. "그래서 이 집이 하루에 얼마라고? 돈 아깝다.", "아니 무슨 돈을 그렇게 받으면서 바비큐값을 또 받냐?" 식당을 나오면서는 "해 먹는 게 더 낫네.", "이 집은 물이 제일 맛있네."

평소 같으면 그냥 귀여운 투정 정도로 넘겼을 이야기인데 그날따라 목에 턱턱 걸렸다.

"엄마, 가족여행 시 금지 항목이 10개가 있어. 엄마가 숨 쉬듯이 하는 대사거든? 엄마는 여행 가서 되도록 말을 줄이길 바라."

여행 출발 전 엄마에게 이렇게 말하며 장난을 치기도 했지만 재채기처럼 불쑥불쑥 튀어나오는 엄마의 말은 상처가 되었다. 엄마와 티격태격하며 시간을 보내다가 마지막 날 밤엔 정말 폭발해 버렸다. 그만 좀 할 수 없겠냐고 소리를 질렀다. 언니와 동생은 그렇게 화를 내는 나를 처음 봐서인지 적잖이 당황한 듯 했다. 아빠와 형부는 못 들은 척했지만 애써 무시하는 얼굴이 보였다. 엄마도 당황한 눈으로 '우리 딸이 힘들게 번 돈이니까 아까워서 그러지!' 하며 내 등을 쓸어내렸다. 가족들의 연말을 망치고 싶진 않았기 때문에 서러움을 삼키고 겨우 여행을 끝냈다. 그런데 서울로 돌아와서도 억울함과 서러움, 분노는 사그라지지 않았다. 시간이 지날수록 감정이 부글부글 끓어오르는 듯했다. 비단 이 여행만이 문제가 아니었다. 지난 30년의 세월 동안 겪은 엄마의 무심함에 대한 것이었다. 착한 둘째 딸, 우리 휘수는 엄마를 이해하지, 우리 휘수가 최고야. 듣기 좋은 둥근 말로 삭혀왔던 어린 허휘수의 섭섭함이 곪아 터진 것이다. 어디서부터 고름을 짜내야 하는지 가늠할 수 없이 깊고 아픈 종기 같았다. 섣불리 짰다간 덧나버릴 것이기에 엄두도 못 냈던 일인데 이번 가족 여행은 종기에 미세한 상처를 낸 것이다. 밤늦게 나는 엄마에게 전화를 걸었다.

휘수 엄마, 나랑 얘기 좀 해.

엄마 응, 얘기하자.

휘수 엄마는 지금 뭐가 잘못되었는지 모르지? 늘 그런 식이야.

(정적)

엄마　휘수야. 엄마는 너무 당황스럽네. 안 그러던 애가 갑자기 이렇게 공격적으로 말하니까….

휘수　그럴 수가 없었던 거지. 엄마는 늘 엄마가 더 힘들었으니까.

엄마　그런데 휘수야, 우리 둘째 딸아. 잘했다. 잘 말했어.

휘수　(침묵)

엄마　네 친구 중에 현지 있잖아.

휘수　(작게) 걔 동생이야.

엄마　아무튼 현지가 엄마 영상 찍어준 적 있잖아. 2년 전에. 그때 현지랑 이야기하는데 내가 우리 휘수가 불쌍하다고 했어. 휘수는 항상 엄마한테 좋은 말만 한다고. 엄마를 만나러 오면 늘 자기 얘기는 안 하고 엄마는 어떤지, 요즘엔 무슨 일이 재밌는지 묻는 딸이라고. 딸이 엄마한테 투정도 부리고 싸우기도 하고 그러는 건데 휘수는 그러지를 않는다고.

휘수 알고 있네?

엄마 그러니까 현지가 그러면 좋지 않냐고 그러더라. 근데 내가 아니라고 했어. 어린애가 그럴수록 마음이 아프다고. 이렇게 엄마한테 화낸 거 잘했어. 어찌 맨날 그렇게만 살겠냐.

여기까지의 대화만 보면 엄마와 딸의 극적인 화해 같겠지. 엄마는 착한 아이 콤플렉스를 앓았던 딸을 이해하는 듯 이야기하다가 잠시 후 본인의 입장을 표명했다.

엄마 입장 요약

네가 아무리 섭섭하다고 해도 엄마는 변할 수 없다.
이제 다 늙어버린 나를 바꾸려 하지 말고 아직 젊은 네가 날 이해하거나 인정해라.

어처구니가 없어 계속 흐르던 눈물이 뚝 멈췄다. 말문이 막힘과 동시에 가슴도 답답했다. 아… 너무 늦었구나. 나의 상처를 낫게 할 수 있는 건 결국 나라는 사실을 머리로 알고 있었지만 당당하게 치료를 거부하는 엄마의 발화를 듣고 있자니 실망감을 감출 수 없었다. 그래, 엄마는 엄마의 상처가 있겠지. 그래도 엄만데…. 그러면 안 되는 것 아닌가? 양가감정과 생각이 혼재되어 한밤중 엄마와의 전화 담판은 나의 일방적인 울부짖음으로 끝났다. 애석하게도 그다음 주가 엄마의 생신이었다. 한참 전부터 예약해 놓은 식당도 있었다. 그때 처음으로 효심이 깊은 나를 원망했다. 경직된 얼굴로 엄마를 만나러 갔다. 엄마도 괜한 농담으로 이 분위기를 풀기 위해 노력은 하지 않았다. 앞만 보며 운전만 하는데 엄마가 입을 열었다.

엄마 휘수야, 엄마가 생각을 좀 해봤어. 네가 그걸 모르더라. 엄마는 원래 표현을 잘 못 해. 그렇다고 널 사랑하지 않는 게 아니야. 백날 표현하는 것보다 행동이 중요하다고 생각하는 편이야. 그러니까 못 느끼는 거지, 사랑하지 않는 게 아니라는 거지.

휘수 누가 날 안 사랑해서 섭섭하대? 엄마는 아직도 핵심을 모르네.

엄마 휘수야, 핵심은 그거야. 내가 우리 딸을 사랑한다는 것.

휘수 됐어, 그만 말해. 엄마랑은 조금도 이견을 좁힐 수 없어.

엄마 여행 잘 다녀와서 왜 그러냐. 좋은 집에서 자보고 좋았구먼.

휘수 향후 몇 년 동안 엄마랑 여행은 안 가려고. 그게 오래 볼 수 있는 방법인 것 같아, 엄마.

엄마 야! 네가 날 안 보면 어떡할 거냐, 내가 네 엄만데! 여행 까짓것 안 가고 말지.

휘수 아, 엄마랑은 말이 안 통해.

엄마에게는 오랜 기간 양가감정을 느꼈다. 늦은 나이까지 공부하고, 소설을 쓰고, 대학에서 강의도 하는 엄마를 존경하고 자랑스럽게 느낀다. 반면에 답답하고 섭섭해하기도 한다. 예전부터 느끼고 있던 이 감정들을 잘 해석해 내지 못했던 것이 엄마에게 쌓인 불만의 시작이기도 하다.

강릉 여행에서 왜 그렇게까지 화가 났던 건지 아직도 잘 모르겠다. 엄마는 원래 그런 사람인데. 무심한 듯 따뜻하고 유머를 잃지 않아 재밌지만, 가끔 짜증 나는. 그게 우리 엄마인데.

아마 나에게 여유가 없었을 것이다. 미래가 불안정해서 고민이 많았고 안정을 느끼고 싶어 가족 여행을 계획했다. 여행은 본질적으로 안정적일 수 없는데 모순이 가득한 바람이었다.

그래서 이제 엄마랑 여행은 안 가냐고? 강릉 여행으로부터 2년 반 뒤인 올해 7월, 우리 가족은 다시 해외여행을 간다. 엄마와의 여행을 다시 결심하는 데 2년 넘는 시간이 걸렸다. 이번엔 제발 내가 잘 참아내기를, 2년간 더 성숙해졌기를 바란다.

엄마가 가면무도회를 하자며 가방에서 꺼낸 가면 3개. 착한 언니와 나는 함께 써줬다. 조카도 하고 싶다며 본인의 옷 후드를 뒤집어썼다. 엄마는 이런 가면이 어디서 났을까...?

엄마 생일날 갔던 이자카야. 술 한잔하며 앞으로 싸우지 말자고 화해했다.

당신의
득남 소식이 들리던

{ 가족 + 해외 + 여행 } = { 개 고 생 }

세 단어가 합쳐져 '개고생'을 뜻하는 '가족 해외여행' 미션을 드디어 수행하게 되었을 때, 나는 다소 긴장해 있었다. 목적지는 아빠가 평생 가보고 싶었다는 캄보디아 씨엠립. 아빠는 평소 마추픽추나 앙코르와트 등 '세계 7대 불가사의'나 유네스코에 등재된 유적지에 가보고 싶다는 말을 자주 했는데, 드디어 기회가 온 것이다. 아빠의 소망에 나머지 가족들은 군말 없이 씨엠립 여행에 동참했다.

누군가 여행지 선정에 불만을 표출했다면 우리의 여행은 어떻게 흘러갔을까. 사실 '망한 여행'의 신호는 곳곳에서 발견됐다. 우선 항공권을 구하는 것부터 난항이었다. 설날 연휴를 낀 여행이었는데, 일정을 뒤늦게 짜는 바람에 이미 직항 티켓은 동난 지 오래였다. 쿠알라룸푸르 경유, 하노이 경유, 방콕 경유… 온갖 도시를 거쳐 총 비행시간이 18시간에서 20시간까지 늘어난 항공편만 검색됐다. '시간이 지나면 표가 풀리지 않을까' 생각하며 여행을 한 달 남짓 남긴 시점까지 기다렸으나 헛된 기대였다. 지금껏 숱한 여행으로 단련한 티켓 검색 실력도 무용지물이었다.

결국, 구글링 끝에 한 여행사의 패키지 티켓을 찾아냈다. 어떤 프로세스로 그들이 직항 티켓을 가지고 있었는지는 아직도 의문이지만, 패키지 상품으로 여행을 간다면 비행시간을 6시간 이하로 줄일 수 있었다. 가족들에게 물어보니 다들 상관없다는 투였다. 그 말은 '너만 괜찮으면 돼'라는 뜻이기도 했다. 빡빡하게 짜여 있는 일정하에 타인의 의지로 여행을 다닌다는 걸 납득하기 어려웠지만, 부모님을 모시고 다른 나라를 경유해서 씨엠립까지 간다는 건 더 용납할 수 없었기에 패키지여행이라는 차악을 선택했다.

[캄보디아 씨엠립 + 서술]

새벽 6시, 첫 비행기를 타기 위해 공항에서 불편한 노숙을 한 우리 가족은 별 탈 없이 씨엠립에 도착했다. 일단 빨리 여행지에 도착하니 실체 없는 걱정도 조금은 누그러지는 듯했다. 좋은 생각만 하며 도착한 씨엠립이었다. 물론 식사도 마음대로 할 수 없고, 관광지도 원하는 곳만 골라 볼 수 없겠지만… 전문 가이드의 대동 아래 앙코르와트를 구경한다면 더 많은 것을 얻어갈 수 있으리라.

그렇게 걱정을 기대로 바꾸며 후덥지근한 씨엠립 공항을 나서자 현지 관광버스가 우리를 기다리고 있었다. 말로만 듣던 패키지여행의 시작은 고등학교 시절 수학여행 이후로 처음 타보는 '대절 관광버스'에 올라타는 일이었다. 삼삼오오 여행 온 가족들이 차례로 버스에 올라탔는데, 뜬금없는 소리가 버스 안을 가득 채웠다.

"제가 얼마 전에 아들을 낳았습니다."

간단한 환영 인사를 건넨 가이드의 첫 마디였다. 버스 안의 어른들이 축하한다며 손뼉을 쳤다. 오랜 현지 생활로 얼굴이 그을린, 50세 한국인 남성 가이드가 다짜고짜 알린 득남 소식. 결혼 상대는 20대의 캄보디아 현지 여성이었다. 함께 가이드 일을 하며 버스를 타고 다니다가 이렇게 되었다고, 본인의 사주팔자에 자식이 없었는데 여기서 아들을 낳았다며 일장 연설을 하기 시작했다.

숙소로 향하는 내내 이어지는 그의 러브스토리를 들으며 나는 무언가 잘못되고 있음을 직감했다. 여기까지 와서 씨엠립의 역사나 유적지에 관한 내용이 아니라 본인의 능력이 얼마나 뛰어난지, 그 덕에 어떻게 훌륭한 아들을 낳았는지 설명하는 가이드라니. 그와 며칠을 보내야 한다니… 불안감이 엄습했다.

그래도 첫날 일정은 나쁘지 않게 흘러갔다. 몇 년 전 씨엠립을 여행할 때는 전혀 고려해 본 적 없는 몇 개의 관광 코스(실크팜, 버팔로 트레킹, 압살라 민속 디너쇼 등)를 거쳐 갔는데 나름대로 신선했다. 구글맵을 켜지 않아도 되고, 버스만 타면 알아서 여행지로 데려다주는 안락함이 의외로 편안했다. 대신, 잊을 만하면 이어지는 가이드의 아들 자랑과 결혼 이야기만 참으면 별 탈 없이 흘러갈 여행이었다.

문제는 두 번째 날 아침에 발생했다. 앙코르와트 일정이 본격적으로 시작되는 날이었다. 일찍 일어난 엄마 아빠가 아침 시장을 구경하고 싶어 했다. 그 전에 씨엠립에 한 번 방문한 적이 있던 나는 우리가 묵는 호텔에서 5분 거리에 시장이 있다는 것을 알고 있었다. 일정이 시작되기까지는 아직 여유가 있어서 나는 호텔 앞에 즐비한 툭툭 한 대를 섭외했고 가족들을 시장으로 인도했다. 그곳에서 우리는 과일 주스를 마시고, 전날 구경한 실크팜에서 본 스카프와 옷을 사서 호텔로 돌아왔다. 한 시간도 안되는 짧은 구경이었지만 모두가 굉장한 해방감을 느끼며 즐거워했다.

"우리 가족은 아침에 시장 구경하고 왔어요!"
시간이 지나도 여전히 즐거움에 취해 있던 아빠가 가이드를 보자마자 자랑했다. 그러자 가이드의 표정이 일순간 구겨졌다. 어떻게 호텔 밖으로 나갔다가 왔냐는 그의 공격적인 심문이 이어졌다. 한 발짝 떨어진 곳에서 그 모습을 지켜보던 나는 심히 당황했다.
"우리 딸이 여기 앞에 툭툭 기사랑 얘기해서 갔다 왔는데요?"
아빠의 말에 가이드는 대답하지 않았다. 그는 누가 봐도 기분 나빠 하고 있었다.

사실 바로 전날, 가이드는 일정이 없는 시간에는 자유롭게 외출해도 된다고 말했다. 그가 하루아침에 다른 사람이 되었다. 지금 생각해 보면, 그렇게 말해도 정말로 나갈 사람이 있을 거라

곤 생각도 못 했던 것 같다. 나로서는 시장에 한 번 갔다 오는 일
쯤이야 식은 죽 먹기였는데, 다른 일행들이 우리 가족의 이야기
를 들으며 신기해했던 걸 보면 패키지여행에서는 유별난 행동
이었던 듯하다.

그때부터 가이드는 우리 가족을 차별하기 시작했다. 관광지에
서 아빠의 질문만 못 들은 척하며 대답하지 않는가 하면, 귀국
하자마자 있을 언니의 이사 문제로 가족들끼리 급히 상의할 일
이 있어 '선택 관광'이었던 서커스 쇼를 보지 않겠다고 하자 화
를 냈다. 가이드는 우리 가족에게 '이렇게 독단적으로 행동할 거
면 패키지를 왜 왔냐'며, 선택 관광을 하지 않으면 가이드에게
돌아오는 수입이 줄어든다는 말까지 서슴없이 내뱉었다.

우리가 너무 순진했던 걸까? '선택 관광'이 말 그대로 선택하는
것인 줄로만 알았던 우리 가족은 가이드의 성화에 몹시 당황했
다. 매일 이어지던 지루한 선택 관광 코스를 겨우 소화하다가
딱 한 번 보지 않겠다고 했던 것인데. 그 순간 억울함까지 밀려
왔다. 왜 우리가 이런 말까지 들으며 여행해야 하지? 나 역시도
'직항 항공 있었으면 나도 이딴 패키지여행 안 왔거든요?'라며
소리치고 싶었다.

그렇게 불편한 기류가 흐르던 3일간의 여행이 끝나는 날. "고생하셨습니다" 하며 악수를 청하는 아빠의 말을 한 번 무시한 가이드는 몇 번의 시도 끝에 못 이기는 척 아빠의 손을 잡았다. 아무리 충돌이 있었어도 웃으면서 기분 좋게 여행을 마무리하고 싶어 한 아빠의 소망은 끝까지 이행되지 않았다. 뒤늦게 들은 바로, 억지로 이끌려 악수하는 사람처럼 가이드의 손에는 아무런 힘이 없었다고 한다. 아빠는 해탈한 듯 '이런 사람은 처음 본다'라며 웃어버리고 말았다.

물론 이 일화로 패키지여행을 일반화하지는 않는다. 조금 특이한 가이드를 만났다고 생각하기도 하고, 직항 비행기표가 없었기에 그때의 선택을 후회할 수도 없다. 그게 아니었다면 갈 수도 없었던 여행이었다.

개인적으로는 즐거움보다 억울함이 더 컸던 여행이었지만, 아빠의 오랜 소망을 실현했다는 것만으로도 의미가 있는 여행이었다. 7년이 지난 지금까지도 여전히 아빠의 카카오톡 프로필 사진이 그때 찍은 가족사진인 걸 보면, 가이드의 몽니도 아빠에겐 별일 아니었을지도 모르겠다.

심지어 여행을 다녀온 뒤부터 아빠는 캄보디아 어린이들을 후원하기 시작했다. 그 사실을 잊을 만하면 아이들로부터 감사 편지가 날아온다. 7년 전 여행에서 현지 아이들이 고무 대야를 타고 강물을 휘저으며 관광객들에게 연신 손을 벌리던 장면이나, 관광 보트를 능숙하게 끌어당기던 어린아이가 아빠에게 무언가를 남긴 모양이었다.

결론적으로 우리의 여행은 '망한 여행'은 아니었다. 그렇다고 해서 완벽했던 여행도 아니었지만, 각자의 마음에 인상 깊은 풍경은 물론 작은 전환점을 만들어 왔다. 이 사실들로 미루어 보자면, 이 여행을 '완전한 여행'으로 부를 수 있을 것 같다. 아무리 개고생을 하더라도 그 안에서 작은 소용돌이를 일으켜 돌아오는 것. 그것이 여행의 매력이다.

얼마 전까지만
해도 앙코르와
트를 생각하면
가이드의 얼굴
이 떠올라 불쾌
했지만,

이제는 가이드와 그 가족의
안녕을 빈다. 모쪼록 다들
건강하시길.

05

취향이 없는
여행자

삼십 대에 접어들면서 무엇이 나를 행복하게, 편안하게 만드는지 잘 알게 되었다. 그 때문에 자주 안정적이라고 느낀다. 과거와 비교했을 때 상대적 감상이다. 적절한 선택 후에 얻는 긍정적 결과. 이 과정을 반복하면 패턴이 생긴다. 실패가 없는, 맞춤형 선택이 모여 형성된 패턴을 취향이라고 한다. 취향을 알면 만족스러운 선택을 할 가능성이 높아진다. 반대로 취향을 모른다면 선택의 순간마다 너무 많은 에너지를 소모하고 심지어 결과도 좋지 않다.

취향에 오랜 시간 무지했다. 내가 이렇게 예민한 사람인지도,

깔끔한 체하는 사람인지도, 여유롭고 조용한 걸 좋아하는지도 몰랐다. 그렇다고 다른 사람들이 어떤 것을 좋아하고 요즘 유행하는 게 무엇인지도 관심이 없었다. 별 관심이 없었다기보다 너무 생각이 많아 정리하지 못했다는 표현이 적절하다. 취향에 무지한 건 피곤한 일이었다. 나에게도 내 주변 사람들에게도.

가깝게 지내던 친구 Z와 떠나기 만만한 일본 여행을 계획했다. Z는 유행에 민감한 사람이었고, 이것저것 정보를 찾는 일에 능숙했다. '이건 어때?', '저건 어때?' 하루에도 몇 번씩 묻는 통에 도쿄 근처도 가기 전에 질려버렸다. 다 알아봐 주는 것이 머리로는 고마웠지만, 너무 많은 정보에 질린 나는 어느새 건성으로 대답하고 있었다. Z는 우리 여행에 왜 관심이 없냐며 자주 짜증을 냈다. 성화에 못 이겨 급히 괜찮아 보이는 장소를 찾아 이야기하면 Z는 이미 다 알고 있었다며 의견을 묵살했다. '제 맘대로 할 거면 왜 관심 없다고 난리야.' 도쿄 여행이 다가올수록 흥미를 잃었다. 대신 Z가 제시한 선택지를 고심해서 고르며 삐걱거리는 여행 준비에 윤활유를 발랐다. 과정이 힘들 뿐 Z가 싫은 것은 아니었기 때문에 이번 여행을 잘 마치고 싶었다.

예나 지금이나 나는 늘 바쁜 사람이었다. 의도한 것은 아니지만 일본으로 출국하는 시간은 내가 디렉팅한 댄스 행사(공연)가 끝난 익일 새벽이었다. 행사가 끝난 후 뒤풀이 자리가 있었다. 적당히 빠질 수 있는 분위기가 아니었다. 공동 디렉터가 아프다며 귀가해 버려 뒤풀이 진행을 내가 떠안았다. 게스트팀, 참가팀, 스태프들에게 감사 인사를 다니며 새벽까지 뒤풀이 자리에서 술을 마셨고, 몇 시간 자지도 못한 채 무거운 몸을 이끌고 인천 공항으로 향했다. 공연 화장이 다 지워지지 않아 거뭇한 내 눈가를 보며 Z는 섭섭한 기색을 숨기지 못했다. 나도 섭섭했다. 늦지 않게 공항에 오기 위해 고군분투한 것을 알면서 한 치의 양보도 없이 서운한 감정을 드러내는 게 속상했다. 하지만 여행을 망치고 싶지는 않았다. 피곤한 상태에서 서운함을 주고받을 힘도 없었다. Z를 달래며 비행기에 올랐다.

도쿄에 내리자마자 디즈니랜드를 방문했다. 디즈니랜드는 꼭 가야 한다는 Z의 설득에 '맞아, 나도 디즈니 만화 자주 봤었지' 하고 아무 생각 없이 수락했다. Z는 디즈니랜드 근처에서부터 열광했다. 입구에서만 사진을 백 장씩 찍는 통에 정신이 없었다. 잠도 오고, 숙취도 있고, 생리통에 시달리던 나는 디즈니고 뭐고 숙소에 가고 싶었다. '내가 왜 여기에 있지…?', '배고프고 덥다!' Z는 어린아이처럼 좋아했다. 신나게 구경하는 Z를 보며 미안한 마음에 티 내지 않으려고 노력했으나 구겨지는 미간을 숨기기는 힘들었다. 디즈니랜드의 화려한 공간에 전혀 집중 못하던 나와 비슷한 그룹을 발견했다. 유아차를 끌거나 아이 손을 잡고 걷는 가족들이었다. 신난 아이들을 겨우 진정시키며 입장료 값을 뽑기 위해 고전하는 모습에서 동질감이 느껴졌다. 특히 여러 아빠들 얼굴에 드리운 지리멸렬함은 내 마음을 대신 표현하고 있었다. 디즈니? 유치 뽕짝의 향연이며, 가격은 말도 안 되게 비싸고 합리적이지 못한 일정이라고 뒤늦게 한탄했다. 속으로만. 애들 장난 같은 경양식이 2천 엔이 넘었고 물도 비쌌다. 디즈니랜드는 두 번 다시 오지 않겠다고 다짐하며 퇴장로를 걸었다. 밤늦게까지 놀고 싶어 했던 Z는 아쉬운 듯 계속 뒤를 돌아봤다. 낯빛이 점점 더 어두워지는 나를 위해 Z의 계획보다 이른 시각에 숙소로 향했다.

도쿄 이틀 차, 몸살이 났다. 아픈 나를 위해 Z는 하루를 간호에 할애했다. 약국에서 약을 사다주기도 했다. 일본에서의 시간이 하릴없이 흘러가는 것, 내 몸이 또 고장 난 것, 나 때문에 일본에서의 시간을 못 즐기게 된 Z에게 미안한 감정까지 그 모든 게 엄청난 압박감이 되어 날 짓눌렀다. 4박 5일 일정 중 1박 2일을 꼬박 누워서 보냈다. 혼자라도 나갔다 오라는 말에 Z는 그럴 수 없다며 내 옆을 지켰다. 고마웠지만 불편했다. 차라리 혼자 잘 놀았으면, 싶었다. 여행을 다녀온 후 Z와 멀어졌고 지금은 연락

하지 않는다. 친구와 여행 가면 싸운다는 말에 처음으로 공감했다. Z와 소원해진 아쉬움을 여행을 탓하며 달랬다. 맞아, 여행을 간 게 잘못이었어. 원래 나는 여행 싫어해. 그때 가지 말았어야 했어. 여행은 골치만 아파….

어디서부터 잘못됐을까? Z는 유쾌하고 함께 있으면 즐거운 매력적인 인간이다. 다만 우리는 너무 다른 사람이었고 잘 맞는다고 볼 만한 부분이 거의 없었다. 우리의 공통 관심사는 '춤'뿐이었다. 나는 단 한 번도 Z처럼 여행하고 싶다는 생각을 해본 적 없었다. 오히려 '어떻게 저렇게까지 돌아다니지?', '하루에 저렇게 많은 곳을 가면 뭘 보고 느낄 새가 있나?' 하는 감상뿐이었다. 그런데도 Z의 여행 제안을 덥석 받아버린 건 내가 나에게 무지하고 무심했던 탓이다. 취향을 모르는 여행자, 다시 말해 줏대 없고 우유부단한 여행자에게 즐겁고 딱 맞는 여행이라는 건 존재하지 않을지 모른다.

스스로를 향한 무심함은 여행이 아니더라도 삶의 다방면을 불만족스럽게 한다. 호불호가 딱히 없는 무던한 사람이라는 착각 속에 살면서 주위 사람을 피곤하게 만들기 일쑤였다. 아무거나 괜찮다고 하면서 좋고 싫은 티가 많이 나는 편이라 웬만큼 눈치가 없지 않은 이상 내 감정 변화를 알아채기는 어렵지 않다. 감정 기복이 심한 것도 상대를 피곤하게 하는 데 일조했다. 어제는 괜찮아도 오늘은 싫을 수 있고 내일은 그 무엇보다 좋을 수도 있다. 웃는 낯으로 포장한 날카로운 인간에게 놀라 도망갔을 여러 사람이 뇌리를 스쳐 간다. 알다가도 모르겠는 나를 어떻게 만족시켜 줘야 할지는 나에게도 늘 의문이었다. 언제 어디서 충동적인 마음이 들어 휙 뒤돌지 모르는 예민한 생명체를 온전히 키우는 건 참으로 고된 일이었다.

2년 전, 나는 ADHD 진단을 받았다. 산발적으로 뻗어 나가는 생각을 정리하지 못했던 이유가 밝혀진 것 같아 기뻤다. ADHD 진단과 약 처방은 나의 내면과 주변을 정리할 수 있게 했다. 더 이상 주위 사람들을 피곤하게 하지 않을 수 있겠다는 안도감, 나도 나를 더 잘 알 수 있겠다는 자신감을 바탕으로 세세하게 나를 정밀 분석했다. 다시 태어난 것 같았다. 이제 나를 잘 안다고 안심하던 2023년, 혼자 도쿄 여행을 계획했다. 혼자라면, 지금이라면 잘 여행할 수 있을 거라고 생각했다. 무섭기도 했지만, 외국에 나를 혼자 내버려 두고 싶다는 충동이 들었다. 여행이라는 건 이 생명체에게 너무 많은 자극이 동시에 가해지는 환경이었다. 개복치 뺨치는 예민한 인간이라는 걸 알았는데도 홀로 해외여행을 계획한 건 여전히 내가 어리석다는 뜻이었다.

여행은
여행이다

혼자 여행을 다녀와서 또 다른 나를 발견했다. 달갑지 않은 모습이었지만 어쩔 수 없었다.

1. 나는 조금 외롭다.

댄서로서의 자존감을 채우기 위해 일본으로 향했다. 우리나라의 댄스 문화는 일본을 통해 들어온 것이 많다. 내가 스트리트 댄스를 열심히 배울 때만 해도 많은 댄서가 일본에 유학 비슷한 것을 중단기적으로 다녀오곤 했다. 일본에서 춤을 처음 배우듯 배우며 댄서 휘슬의 다른 챕터를 열고 싶었다. 또 하나의 이유는 도피처가 필요해서였다. 대학 때부터 소속되었던 안무 팀에서 나온 후 4년간 혼자 춤을 췄다. 팀원을 구해보려고 노력하지는 않았다. 춤은 자아실현을 위한 일이었고, 그 외에도 너무 많은 일을 하고 있었기에 팀 활동은 생각도 할 수 없었다.

새로운 도약을 위해 춤 레슨을 그만두었고 춤을 배우기 위한 일본 여정을 계획하는 것이 그 시작이었다. 나는 이걸 '댄서 휘슬의 일본 워크숍'이라고 명명했다.

하지만 당시 일본 워크숍은 나의 주머니 사정으로 무리였다. 그간 모아둔 돈을 모두 사용할 일이 생겨 당장의 생활비도 빠듯했다. 그래도 가기로 마음먹었으니, 여비를 만들어야 했다. 그래서 춤 레슨과 함께 그만두려 했던 영상 외주 용역을 다시 맡았다. 성평등 강의 영상 제작이었다. 이전에도 했던 작업이라 능숙하게 금방 마무리할 수 있을 거라 생각했는데 예상은 처참히 빗나갔다. 중간에 업체 담당자가 2번이나 바뀌면서 소통에 문제가 생겼고 2월 안에 끝났어야 할 작업이 4월까지 늘어졌다. 이미 난 4월 중순에 출발하는 항공권과 숙소 예약을 끝냈는데 말이다. 우여곡절 끝에 작업을 마쳤지만, 클라이언트의 날카로운 컴플레인이 뒤따랐다. 3년을 같이 일한 업체였는데 이제 다시는 나와 거래하지 않을 거라는 확신이 들었다. 여행을 시작하면서도 마음이 좋지 않았다. '됐어, 나도 이제부터 안 하려고 했어.' 시작부터 삐걱거렸다.

유쾌하지 않은 채 일본에 도착했다. 일본 숙소에 짐을 풀고 숙소 주위를 둘러보고, 동네 맛집으로 소문나 있는 이자카야에서 저녁도 배불리 먹었다. 편의점에서 물과 간식을 사서 숙소 침대에 앉았다. 브이로그를 찍느라 온종일 카메라를 들고 다녔는데 잠자리에 들기 전 카메라 전원까지 끄니 사방이 고요해졌다.

내가 정말 일본에 와 있구나. 사실 안 와도 됐지 않았을까? 그렇게 고생을 해서 왜 여기 왔을까? 아, 나 춤추러 왔지. 혼자 배우면 재밌을까? 무섭네. 같이 춤출 사람…이 없네, 지금은. 아니지, 내가 안 만든 거지. 노력도 안 했잖아. 친구들 보고 싶다. 같이 왔으면 좋았을까? 개넨 춤 안 추는데, 뭐. 그래도 수업 끝나고 같이 놀았으면 좋았겠다. 아니지, 개네 바쁘지. 혼자 여행하는 거 멋있다고 생각했는데, 되게 외롭네. 어쩌면 이제까지 외로웠을 수도 있겠다. 춤도 여행도 사실 혼자 하기 싫었던지도 모르겠다. 모든 걸 혼자 하는 게 익숙하니까, 아니 혼자인 게 힘들어도 괜찮아지려고 노력하다 보니까 내가 외롭다는 걸 몰랐을 수도 있겠네. 나 이제까지 되게 외로웠겠다.

그 순간, 내가 약간 불쌍했다.

2. 기본적인 생활 습관이 건강하지 못하다. 밥은 중요하다. 그러나 나는 일식을 잘 못 먹는다.

밥을 안 챙겨 먹는다는 게 여행에서 이렇게 치명적일지 몰랐다. 일본 여행 5일 차에 온몸이 붓고 입가에 물집이 잡혔다. 몸에 무리가 가면 늘 입과 코 주변에 헤르페스성 염증이 생기곤 했기 때문에 특별히 심각한 사건은 아니지만, 일본에 가기 전 이미 하나의 물집을 보유한 상태였기 때문에 당황스럽긴 했다. 물집 위에 물집이 생기는 건 또 처음이었다.

헤르페스 물집은 약을 바르지 않으면 통증을 동반한다. 나는 일본 약국을 돌면서 연고를 구했다. 이렇게 몸에 무리가 간 이유는 뻔했다. 하루에 겨우 한 끼를 먹으면서 춤은 5시간이 넘도록 추고 있으니 버틸 리 만무했다. 발목을 자주 삐는 탓에 인대가 좋지 않은데, 그 때문에 조금만 걸어도 통증이 올라왔다. 5일 차부턴 수업의 개수를 줄이고 밥을 잘 챙겨 먹기로 마음먹었다.

아침은 도저히 먹을 수 없었고 점심을 먹기 위해 라멘집으로 향했다. 체내에 모자란 열량을 채워 넣으려 곱빼기로 주문했는데, 몇 입 먹자마자 질려버렸다. 일본에는 라멘의 느끼함을 달래줄 김치가 없었다. 반도 비우지 못하고 가게를 나섰다. 다음 날은 일본식 덮밥, 다음 날은 햄버거, 그다음 날에는 돈가스를 먹었는데 그것마저 입맛에 맞지 않았다. 한국인들이 특히 맛있다고 이야기한 곳만 찾아갔기 때문에 당연히 내 입에도 맞을 줄 알았다. 맛이 없었던 것은 아니지만 마음껏 먹지 못했다.

이제까지 내가 일식을 좋아한다고 생각하면서 살았는데 아니었다. 내가 잘 먹는 일식은 스시 그리고 이자카야의 안주들이었다. 술 없이 일식을 먹어보지 않아 몰랐던 거다. 한식당을 찾아보았지만 차마 가진 않았다. 왠지 자존심이 상했다.

3. 여행은 이민이 아니다. 짐은 너무 많을 필요 없다.

트렁크 하나에 백팩 하나. 이렇게 말하면 단출해 보이겠지만 트렁크는 거의 이민 가방만 했고 짐을 꾹꾹 눌러 담아 수화물 규정을 겨우 통과할 정도의 무게였다. 짐이 많아진 이유는 브이로그 촬영을 위한 장비에 춤을 출 때 입을 연습복과 일상복을 함께 챙겼기 때문이다. 옷을 과도하게 여러 벌 챙긴 것도 한몫했다. 그뿐만 아니라 내 방의 물건을 그대로 옮겨 오려고 이것저것 시도했던 탓에 중간에 트렁크의 버튼 하나가 부서져서 짐을 옮기는 게 더 고된 일이 되었다. 일본에서 숙소를 옮길 때는 택시를 탔다. 그 비싸다는 일본 택시를. 서로 2.5km 떨어진 곳이라 웬만하면 걸어서 가려 했지만, 그 짐을 들고는 도저히 걸을 수 없었다.

한국에서 솔이와 함께 일본 여행 준비물을 사러 갔다. 솔이는 필요한 짐을 다 챙겼는지 이것저것 물어보며 도와줬다.

"멀티탭 챙겼어? 너 땀 많으니까 땀 수건도 가져가는 게 어때? 일본 숙소에 옷걸이가 충분하지 않을 수 있어. 접이식 옷걸이도 사면 좋을 것 같아."

그런데 문제가 있었다. 이미 트렁크는 거의 다 찼다는 것.

"근데 나 캐리어에 공간이 많이 없어서 다 살 순 없어."

"아니, 필요한 건 안 넣고 뭘 넣었는데 다 차?"

"음… 옷?"

"옷은 가서 사도 되잖아! 빨래해서 입어도 되잖아!"

아마 여행을 많이 다녀본 사람과 아닌 사람의 차이가 극명하게 잘 보이는 게 여행 가방이 아닐까. 나의 여행 가방은 너무 무겁다. 놓아줄 줄 모르는 미련 가득한 가방이다. 한국에서의 안정감을 타지에서도 느끼기 위해 노력한 흔적이 역력한 무게감이다. 반면 서솔의 가방은 늘 가벼웠다. 우린 서로가 늘 궁금했다. '쟤는 저기에 대체 뭘 가져온 거지?'

솔이가 가져온 단출한 가방에는 있을 게 다 있었다. 여행하는 데에 전혀 지장이 없었다. 내가 이고 간 산만 한 가방에는 없어야 할 것도 다수 들어 있어 쓸모와 '무'쓸모가 7:3 정도의 비율을 유지하는 비효율적 짐이었다. 솔이가 나에게 제안했다.

서솔 옷을 덜 챙기면 어때?

휘수 예쁜 옷 입고 싶단 말이야….

서솔 여행 가서 쇼핑해도 되잖아.

휘수 그래도 입고 싶은 옷이 있단 말이야. 그날 감성에 맞게.

서솔 그러면 전체 일정의 1/2만 옷을 챙겨가서 돌려 입는 건? 가지고 간 거 다 입지도 못한다면서.

휘수 그럴까….

여행에 군이 군이 챙겨간 여러 벌의 옷을 다 입고 온 적은 손에 꼽는다. 여행지에서는 체력적인 문제와 날씨 때문에 가지고 간 옷의 50퍼센트만을 입곤 했다. 일본에서는 그에도 못 미치는 30~40퍼센트의 옷만 돌려가며 입었다. 생각보다 일본이 너무 더웠기 때문이다. 한국으로 돌아갈 때는 짐이 더 무거워져 수화물 추가 금액을 내야 할 정도였다. 여행은 필히 불안정한 상황에 놓이는 것이라는 걸 다시 상기했다. 여행지에서도 집처럼 편하고 싶어 챙긴 짐들이 결국 여행의 질을 떨어뜨렸다.

4. 여행은 여행이다.

일본 7박 8일 일정은 여행이었지만, 춤을 배우러 간다는 확실한 목적이 있었기 때문에 여행이 아닌 것처럼 준비했다. 바쁜 일정을 소화하면서 그 안에서 계속 어떤 의미를 찾으려 했고 스스로에게 깨달음, 배움을 강요했다. '지금 이게 어떻게 온 건데 지금 여기서 아무것도 안 느껴? 하나라도 더 느껴!' 하면서 채찍질했다. 여행은 여행일 뿐인데.

어깨에 힘주고 대단한 것을 얻어 가려다 양손에는 버튼이 망가진 트렁크 하나만 고스란히 가지고 왔다. 비우고 가야 채울 것

도 있다. 가득 채워 간 트렁크에는 채울 여유가 없었다. 공수래
만수거. 비워서 가서 가득 채워 오는 게 여행은 아닐까. 만수래
공수거 했던 일본 여행에서 유일하게 배운 것이다.

도쿄 스카이트리에서 본 야경. 재즈를 들으며 해가 지는 걸 지켜봤다. 7박 8일 일정 중 가장 편안한 시간이었다.

레슨이 끝나면 문을 연 식당이 없어 어쩔 수 없이 이자카야로 향했다. 건강하게 먹고 싶어 시킨 메뉴들. 소금물에 면을 넣어둔 듯한 라멘, 드레싱이 없는 생채소 샐러드. 맛없었다.

혼자 여행 다녀도 사진 예쁘게 잘 찍는 사람도 많던데, 내 사진은 다 이런 식이다. 어딘지도 모르겠는, 심지어 일본인지도 모르겠는 거울샷들.

하치코 동상 앞
에서 찍은 인증
샷. 우리 아빠도
이것보단 감각
적으로 찍을 거
다. 철저히 하치
코와 허휘수가
나오는 것에만
집중한 사진.

청춘의
허상

세계 각지에서 모인 배낭여행자들과 함께 묵는 게스트하우스.
숙소 안에서는 까르르 웃음이 터지고, 해가 질 무렵에는 옥상에
한데 모여 맥주잔을 기울이며 외국인 친구를 사귀기도 하는 여
행자들의 거처. 그곳은 상상만으로도 '낭만'이라는 행복한 단어
를 떠올리게 했고, 어디든 갈 수 있다는 막연한 자신감을 주었
다. 배낭을 짊어지고 혼자서도 여행할 수 있다는 표식을 만천하
에 알리는 일. 그 징표가 게스트하우스에 있다고 생각했다.

20대 중반, 그 시절 나는 '기대'라는 단어가 얼마나 잔인한 단어

인지 미처 깨닫지 못했다. 낯선 환경에서 막연하게 품었던 기대와 환상이 충족되지 않을 때 얼마나 큰 실망감이 몰려오는지 알 길이 없었다. 그랬기에 내가 게스트하우스에서 잘 수 없는 사람이라는 걸 깨닫고 나서 나는 얼마간 절망했다. 내가 원하는 여행자의 모습이 될 수 없다는 사실이 충격적이었고, 이렇게 커버린 나를 원망하기까지 했다.

베트남 호찌민, 1박에 8천 원, 여성 6인 도미토리. 밤 10시쯤 호기롭게 방에 들어간 나는 꽤 긴장해 있었다. 외국인과 대화하게 된다면 나를 어떻게 소개할 것인가, 무슨 얘기를 할 것인가, 속으로 계속 시뮬레이션을 돌렸던 터였다. 그러나 방문을 여니 적막이 가득했다. 방 안에는 아무도 없었다. 체크인할 때 분명 내가 마지막 게스트라고 했는데, 이층 침대 세 개는 모두 텅 비어 있었다. 다행히 1층 한 자리가 비어 있어서 그곳에 배낭을 내려놓고 낯선 공간을 인지하다 잠이 들었다.

아니, 나는 잠들지 못했다. 낯선 곳에서 쉬이 잠들지 못하던 새벽, 누군가 한두 명씩 방에 들어오기 시작했다. 방 안에 딸려 있던 샤워실에서는 끊임없는 물소리가 났고 물건을 딸그락거리는 소리에 미리 먹었던 수면 유도제는 아무런 효과가 없었다. 내가 잠이 들었는지, 아에 깨어 있던 건지 분간할 수 없을 정도로 멍하니 아침을 마주했다. 설상가상 약 기운에 취해 오전 10시가 넘어서 침대에서 일어났다.

너무 피곤했지만 '조식 포함' 숙소의 아침 식사는 즐겨야 할 것 같아 게스트하우스 로비로 향했다. 이미 여러 사람이 식사 중이었다. 나는 쭈뼛거리며 빈자리를 찾아 앉았고, 간단하게 제공된 빵과 과일을 먹었다. 분명 맞은편에 앉은 금발 머리의 서양인과 이야기를 나누었는데 비몽사몽한 탓에 그토록 원대하던 낯선 이와의 대화가 귀찮았다. 그는 사파에 다녀왔다고 했는데, 피곤하고 예민했던 나는 그의 묘사를 들으며 '어쩌라고' 싶었다. 난 안 가봤는데, 어쩌라고요.

도피 여행을 온 도망자 서술에게 타인의 아름다운 여행 이야기가 낭만적으로 들릴 리가 없었다. 도망쳐 온 곳에 낙원은 없었다. 짧은 인턴 생활을 마치고 바로 이틀 뒤, 충동적으로 베트남행 티켓을 끊었을 그 무렵 나는 내가 무척이나 부당한 대우를 받고 있다고 생각했다. 나의 재능을 사람들이 알아봐 주지 않는다 생각했고, 나를 담을 그릇이 되는 회사가 도대체 어디 있는지 세상을 조금씩 원망하기 시작했던 때였다. 지금 생각하면 민망할 정도로 지독한 자기연민의 서막이었다.

"서솔 님이 낸 아이디어들은 좋은데, 그걸 맡기기에는 회사 차원에서 어려움이 있어요."

'왜 어렵나요?'라는 물음은 속으로 삼켰다. 회사에 영상을 담당하는 팀이 없이 전부 외주화되어 있는 상태에서 영상 직무를 맡았는데, 아이디어를 내는 족족 '보류'가 되었다. 심지어 만들어 낸 영상도 공식적인 창구로 유통되지 못했다. 이럴 거면 도대체 나를 왜 뽑았을까? 이곳에서 한 건 해볼 수 있을 줄 알았건만, 제대로 된 기회조차 주어지지 않았다. 스트레스를 심하게 받아 식당에서 1인분의 음식도 온전히 다 먹지 못하는 상태로 몇 개월이 지났고, 몸무게는 5kg이 넘게 빠졌다. 인턴 계약이 끝나자마자 나를 모르는 곳으로 도망가고 싶었다. 그러나 극도로 예민해진 채 도착한 외국은 나의 우울함을 단번에 전복시켜 줄 천국이 아니었다. 다만 그 사실을 몰랐을 뿐.

주변의 모든 것에 질렸고, 3년 넘게 만난 애인과도 헤어졌다. 마음을 치유하지 못하고 혼자 하는 여행은 시작부터 실망스러웠다. 그러나 나는 정확히 무엇에 실망했는지 그 대상을 찾지 못했다. 나를 알아봐 주지 않는 회사인가? 아니면 나의 부족한 능력인가? 그것도 아니면 내 상황에 아무짝에도 도움이 안 되던 전 남자 친구인가? 그저 마구잡이로 떠도는 실망감에 휩싸여 호찌민 거리를 배회할 뿐이었다.

회사-능력-세상-전남친이라는 네 단어를 뫼비우스의 띠처럼 빙글빙글 곱씹어 가며 온종일 길거리를 쏘다니다 밤엔 야시장을 찾았다. 평소에 마시지도 않는 타이거 맥주를 억지로 마셔보았다. 홀로 앉아 있으니 처량한 기분마저 들었다. 이럴 수가, 혼자 여행하는 게 이렇게까지 재미없다니.

그러나 나는 그 사실을 인정할 수가 없었다. 지금 이 시점에 혼자 여행을 온 나는, 혼자 여행 중인 나를 어떻게든 재미있게 만들어야만 했다. 내가 기대한 건 씩씩하고 멋진, 누구와도 잘 어울리는 배낭여행객이었으니 그 틀에 나를 껴 맞춰야만 했다.

어쩔 수 없다. 호찌민의 첫날 '실망'과 '어쩔 수 없다' 사이를 오가던 나는 '어쩔 수 없다'는 말로 나 자신을 다독였다. 오늘은 어쩔 수 없으니 일단 자고, 내일부터 열심히 여행해 보자. 속으로 결연한 다짐을 하고 오후 10시쯤 일찍이 침대에 누웠다. 하루 동안 2만 보가 넘게 걸어 몸이 몹시 피곤했다. 그런데 때맞춰 방에 들어온 투숙객이 나를 붙잡았다. 소용돌이 모양으로 염색된 날염 티셔츠를 입고 갈래머리를 땋은 히피 스타일이었던 그 친구는 자신이 배워 온 요가 동작을 보여주기에 여념이 없었다. 나는 어떻게 반응했더라. 침대에서 일어난 것도 누운 것도 아닌

애매한 자세를 취한 채 오, 굿, 나이스, 정도로 겨우 반응했던 것 같다.

결국, 두 번째 날까지 숙면에 실패했고, 새벽이 밝아왔다. 나는 새벽의 푸른빛이 주는 무력감을 온몸으로 받아내며 부킹닷컴을 켰다. 1박에 만 5천 원짜리 호텔을 예약했다. 그 길로 나는 짐을 쌌다.

나는 다시 한번 도망갔다. 아무도 나의 잠을 방해할 수 없는 곳으로, 혼자 고요하게 있을 수 있는 곳으로. 50ℓ 배낭을 짊어지고 허름한 더블 룸의 문을 열었을 때 느낀 환희를 잊을 수 없다. 그 순간엔 내가 게스트하우스에서 잘 수 없다는 절망도, 나를 알아주는 곳이 없다는 실망감도, 혼자 하는 여행의 쓸쓸함도 모두 잊히는 듯했다. 오히려 더 늦기 전에 게스트하우스에서 잘 수 없는 사람임을 알게 되어 다행이라는 생각을 했다. 수능 전날에도 1분도 못 잤던 나였지…. 잠들기 어려웠던 지난날이 쏟아지듯 떠올랐고, 나는 딱딱한 침대에서 까무룩 잠이 들었다.

이틀간 잠들지 못했던 몸에 낮잠을 선사하자, 지독한 허기가 몰려왔다. 호텔 주변의 식당을 찾아 나오니 해가 지고 있었고, 베트남의 명물인 오토바이들이 도로에 빼곡했다.

신호등이 없는 횡단보도 앞에 섰다. 6차선쯤 되는 거대한 도로를 지나가기 위해 나는 꼼짝없이 서서 오토바이의 흐름을 관찰해야만 했다. 내가 이 도로를 온전하게 지나갈 수 있을까. 그냥다른 길로 돌아갈까. 그렇다기엔 여기만 건너면 원하는 목적지가 코앞인데.

맞은편의 현지인들은 용케도 이쪽으로 건너오고 있었다. 그러나 나와 같은 방향으로 건너는 현지인들이 없었다. 누가 있었다면 뒤꽁무니라도 따라갈 수 있을 텐데, 구세주는 나타나지 않았다.

그렇게 십 분쯤 지났을까, 나는 호찌민 사람들의 기운을 받아오토바이를 향해 손바닥을 내보이며 횡단보도를 건너기 시작했다. 경적이 귓가에 울릴 때마다 어깨가 움찔거렸지만, 한 번 발을 뗀 이상 뒤돌아가는 게 더 어려웠다. 그렇게 광란의 오토바이 사이를 지나서 반대편까지 도착했을 때, 나는 내가 횡단보도를 건너는 동안 숨을 참고 있었다는 사실을 깨달았다. 극도로긴장해서 참았던 숨을 내쉬자, 온몸에 피가 돌았다.

산소와 피가 몸을 맴도는 감각을 느끼며, 나는 비로소 내가 호찌민에 왔다는 사실을 극명하게 느꼈다. 내가 여기 온 이유, 호텔을 옮긴 이유, 횡단보도를 건넌 이유. 무릎에 손을 올리고 숨을 고르니 다시 한번 허기가 몰려왔다. 오토바이의 경적과 매캐한 매연이 죽어 있던 모든 감각을 깨우는 듯했다. 정신없는 도로의 소음이 내가 여기 있음을, 도망쳐 왔다고 해도 내가 오롯이 나로 존재하고 있음을 알려주는 소리처럼 들렸다.

'그래, 나는 내가 원하는 데로 가고 있어.'

몇 걸음만 옮기면 목적지가 나올 터였다.

오토바이 사이에서 배회하던 청춘의 허상

모래 속으로 발
이 푹푹 빠지던
무이네의 사막.
속은 시끄러웠
지만 풍경은 아
름다웠다.

1박에 2만 원이면 수영장이 딸린 호
텔에서 묵을 수 있다는 게 동남아
여행의 가장 매력적인 포인트였다.

그래도 여행자의 지
갑은 늘 가벼웠다.
매일 현금이 얼마나
남았는지 체크하던
어린 날의 나.

06

인종 차별이
가장 심한 국가?

2023년 가을, 나는 다시 프랑스 지하철에 올라탔다. 17년 전, 14살의 허휘수도 탔던 그 열차였다. 여전히 약간 찝찝한 느낌이 있다. 서울 지하철 1호선도 깨끗하지만은 않지만 익숙하기 때문에 편안한데, 유럽 땅에서 그런 곳을 찾기는 힘들다. 빈대도 무섭고 소매치기도 걱정되는 탓에 발이 부서질 것 같지만 빈자리가 생겨도 앉지 않았다. 17년 전엔 지하철 좌석에 앉았다가 일어났다. 옆에 흑인이 앉았다는 이유만으로.

2007년, 중학교 1학년 여름 방학 때 어머니와 우리 삼 남매는 프랑스와 영국을 여행했다. 생애 첫 유럽 여행이었지만 그땐 유럽까지 가는 게 이렇게 어려운 일인지 몰랐기에 크게 특별하다고 생각하지 않았다. 호주에서 유학 중이던 언니를 제외하고는 아무도 영어를 못했다. 우리 가족은 19살인 언니에게 의지해 여행했다. 식당에서 주문할 때도, 기차표를 살 때도, 호텔에 체크인할 때도 모두가 언니 얼굴만 쳐다보고 있었다. 19살에게 가족의 안위를 맡겨버렸던 게 이제 와 생각해 보면 미안하기도 하다 (하지만 나는 14살이었던 걸).

프랑스 파리에서 5일, 영국 런던에서 5일, 총 10일을 가장 유명한 관광지 근처에 머물렀다. 노트르담 성당에서 미사를 보고 베르사유 궁전을 구경하고 루브르 박물관에선 모나리자를 봤다. 버킹엄궁을 보고 런던아이를 탄 뒤 피시 앤 칩스를 먹었다. 유럽에서 꼭 해봐야 하는, 스테레오 타입 관광은 모두 했다. 이런 일을 경험할 수 있게 해주신 부모님께 감사함을 느낀 건 얼마 전부터였다. 그땐 다들 한 번은 해보는 당연한 일인 줄 알았고, 또 언제든 다시 올 수 있는 곳인 줄 알았다.

당연함. 모든 것이 당연했다. 익숙한 것만이 내 세상의 전부이던 어린아이였다. 프랑스에는 유색 인종이 생각보다 많았다. 특히 흑인이 정말 많았는데 과거 식민지의 영향이라고 한다. 프랑스에 흑인이 많다는 건 그 당시 나에겐 이상한 일이었다. 아무도 내게 그런 사실을 알려주지 않았고, 그때의 내가 알던 프랑스는 하얀 분을 뒤집어쓴 왕족과 귀족의 나라였기 때문이다. 프랑스에서 만나는 흑인들이 무서웠다. 그저 일상을 살고 있거나 혹은 나처럼 관광을 온 사람들이었을 텐데 프랑스에 찾아온 이방인은 나면서 그들을 이방인처럼 봤다. 복잡한 생각을 했던 건 아니지만 '저 사람들은 여기 왜 있지?'라고 생각했다.

인종에 대한 개념이 전무했던 내가 언니에게 한 소리를 들었던 건 프랑스 지하철에서였다. 하루 종일 걸어 힘들었던 우리는 군데군데 비어 있던 자리에 각각 떨어져 앉아 목적지로 향했다. 내 옆자리와 앞자리 승객이 한 번에 내리고(프랑스 지하철에는 마주 보고 앉는 좌석이 있다) 빈자리가 생기자 마침 승차한 흑인 남성 세 명이 앉았다. 덩치가 큰 흑인을 그렇게 가까이 본 건 생애 처음이었다. 속으로 많이 주눅 들었다. 그들 중 나를 신경 쓰는 사람은 아무도 없었지만 나는 혼자 곁눈질로 그들을 관찰했다. 메고 있던 작은 크로스백을 몸쪽으로 끌어안았다. 그러고는 벌떡 일어나 다른 쪽에 앉아 있는 엄마 앞으로 가 섰다.

내가 이런 생각을 했다는 걸, 그들을 피해 이쪽으로 왔다는 걸 들키면 안 될 것 같아 아무 말 없이 서 있었다. 목적지에 도착하고 열차에서 내리면서 흘깃 뒤를 돌아보다가 그들과 눈이 마주쳤다. 무서운 마음을 달래려 후다닥 엄마 팔을 잡고 걸었다. 지하철 개찰구를 나와서야 안심이 됐다. 이내 언니가 나에게 말했다.

"아까 너 흑인 곁눈질하고 일어났지? 그러면 안 돼. 그 사람들이 모를 줄 알아? 다 티 나. 얼마나 그런 거에 예민한데. 조심해라, 진짜. 큰일 난다."

호주에 살던 언니는 이미 인종 차별을 많이 목격했고, 또 당하기도 했던 터라 그 상황을 파악하고 주의하라고 일러준 것이다. 내가 잘못한 걸까? 오랫동안 곱씹었다. 그때만 해도 나의 주위에는 인종 차별이 없다고만 생각했다.

인종 차별을 이해하는 건 어렵지 않다. 차별은 어느 것이든 비슷한 형태를 띠고 있다. 물론 겉으로도 티가 나는, 폭력을 통한 차별을 하는 사람도 있다. 하지만 대부분 겉으로 보이지 않고 중요한 결정을 할 때 차별 대상에게 확연한 차등을 두는 식으로 은근하게 이루어진다. 인종 차별도 그렇다. 한국의 인종 차별은 우리의 집단 무의식에 새겨져 있다. 한민족이라는 말또한 어불성설이다. 한반도에서는 역사적으로 민족의 대이동이 없었기 때문에 하나의 민족이라고 여길 수 있지만, 사실 다섞여 있다. 한민족이라는 표현은 불과 10년 전만 해도 흔히 쓰였다.

한국 사람들은 인종 차별적 발언을 서슴지 않는데, 그게 잘못이라고 생각하지 않기 때문이다. 쪽바리, 짱깨, 검둥이, 코쟁이… 외국인이나 다른 인종을 멸시하는 칭호를 입 밖으로 꺼내는 데 부끄러움이 적다. 동남아시아나 중국 등에서 온 외국인 노동자를 은근히 무시하고 막 대하는 행태도 여전하다. 인종 차별을 겪어본 적이 없어 이해하지 못한다고 생각했는데 아니었다. 내가 차별을 하는 쪽이었기 때문에 알 필요가 없었던 것이다. 그러니 이젠 14살 허휘수가 했던 은근한 차별이 얼마나 잘못되었는지 알 수 있다. 흑인들과 가까워지자마자 경계하고 소지품을 끌어안은 것은 명백하게 실례가 되는 행동이었다. 과거의 나를 비난할 생각은 없다. 몰랐으니까. 다만 반복된 실수는 하지 않으려고 다짐하며 성찰할 뿐이다.

팬데믹을 겪으면서 대두된 차별은 아시아 인종에 대한 것이었다. 역사적으로 인종 차별의 피해자였던 흑인이 노년의 아시아인 얼굴에 주먹을 내리꽂는 린치를 가하는 장면이 뉴스로 보도됐다. 차별의 '세대'가 아닌 대상이 되는 '인종'의 교체를 목격한 것 같았다. 차별은 폭탄 돌리기와 같다. 끝나지 않는 카운트다운을 하며 여전히 폭탄은 돌고 돈다.

PC(Political Correctness) 용어가 대두되며 전 세계적인 분위기가 달라지고 있다고 착각했다. 한쪽의 목소리가 커지면 늘 반하는 세력이 생기기 마련이었다. 다양성을 인정하는 것에 지친 이들도 목소리를 내기 시작한 거다.

칼에 베이는 듯 따가운 혐오는 지금도 학습되고 있다. 이 폭탄을 해체할 수 있을까? 그 시작은 나로부터 시작된다. 내가 가진 폭탄부터 먼저 멈춰야 한다. 내 품 안의 것이 카운트다운을 멈추고 난 후에야 다른 폭탄도 해체할 수 있을 것이다.

인종 차별이
남긴 것

엄마와 언니까지 세 모녀가 함께하는 유럽 여행은 처음이었다. 늘 시간에 쫓겨 가까운 여행지밖에 다닐 수 없었는데, 모녀가 간만에 시간을 내어 13시간의 비행도 감내하고 유럽 대륙으로 목적지를 정했다. 그런데 여행 출발 하루 전, 언니의 감기가 심해져 응급실까지 다녀오는 불상사가 벌어졌다. 그러나 한낱 기침이 우리의 의지를 막을 순 없었다. 대신 트렁크 한쪽에는 마스크와 전기장판, 그리고 으슬으슬한 겨울 날씨를 이겨내기 위한 누룽지와 엄마표 김치가 잔뜩 실렸다. '여행을 가는데 이렇게까지 한국 식품을 싸서 가야 할 필요가 있나?' 하는 의구심이 들었다. 유럽의 한인 마트에도 김치는 있는데, 아무리 언니가 아프다고 한들 너무 요란하고 촌스럽다고 생각했다.

프라하에서의 첫날, 구수한 누룽지 냄새에 잠에서 깼다. 졸린 눈을 비비며 나가니 김치와 누룽지가 유럽의 아침 햇살 아래 빛나고 있었다. 자연스레 식탁 의자에 앉아 숟가락을 들었다. 첫날부터 이렇게 한국인의 정체성을 확인해 버린다고? 김치 없이 못 사는 촌스러운 한국인 서솔은 황홀한 아침 식사를 맛봤다. 아픈 언니 덕분에(?) 엄마는 매일 아침마다 누룽지를 끓여주셨고, 나는 덩달아 든든히 아침을 챙겨 먹으며 없던 힘도 솟아나는 기분으로 새로운 날을 맞았다. 트렁크 안에 가득 찬 김치를 보며 '요란한 짐'이라고 생각했던 것을 입 밖으로 꺼내지 않고, 엄마를 말리지 않은 건 정말 잘한 일이었다.

그러나 프라하 날씨는 누룽지의 온기만으로 이겨내긴 어려웠다. 한국인으로서 온돌이 없는 유럽의 겨울은 씩씩하게 견디기란 여간 쉽지 않다. 시답잖은 라디에이터만 털털거리는 유럽의 추위는 언니의 기침을 멎게 하지 못했다. 그 때문에 언니는 방한용 마스크를 쓰고 여행했는데, 역시나 외국인들의 시선이 못내 따가웠다. 외국에서는 국가 간의 테러와 범죄를 이유로 마스크를 쓴 사람을 '범죄자'로 인식한다는 이야기를 들어 어렴풋이 알고 있었으나, 막상 여러 개의 눈동자와 눈이 마주치니 신경이 곤두섰다. 그들의 시선이 마스크에 닿은 건지 나의 피부색에 꽂혀 있는지 구분할 수가 없었다.

그때도 헷갈리다가 시간을 버렸는데.

모녀 여행으로부터 5년 전 프라하에 처음 왔던 날, 나는 구시가지의 레스토랑에서 30분 넘게 앉아 있었다. 기다리면 메뉴판을 가져다주겠지, 5분만 더 기다려 보자. 3분만 더, 1분만 더…. 그렇게 30분이 지나고, 웨이터가 줄곧 다른 손님들부터 테이블로 안내해 준 뒤 주문을 받고 음식을 내오는 것을 보며 뒤늦게 '인종 차별'이라는 단어가 떠올랐다. 그것도 모르고 하염없이 테이블에 앉아 있었다니. 난생처음 겪는 모멸감에 부아가 치밀어 올랐다. 하지만 난동을 부릴 용기도, 한 마디 따질 배짱도 없었다. 그렇게 분노를 삭이며 프라하의 어여쁜 돌바닥을 꾹꾹 밟으며 레스토랑을 나왔다. 동양인의 티도 안 나는 복수였다.

애석하지만 여행지의 인상은 그런 사소한 해프닝으로 정해진다. 좋은 일도, 웃는 일도 분명 많았을 여행이라도 심장을 파고드는 불청객이 끼어드는 순간 그 여행지의 꼬리표는 그것으로 결정된다.

'그때도 여기서 인종 차별 당했지.'

어쩔 수 없이 프라하라는 아름다운 도시는 내게 인종 차별이라는 상흔을 남기고 말았다.

"Virus!"

5년 전 인종 차별이 침묵이었다면, 이번 여행에서는 누군가의 외마디 소리였다. 프라하의 명물, 카를교 위에서 웬 흑인 남성이 별안간 우리를 가리키며 손가락질했다. 잠깐, 이렇게 또 인종 차별을 당한다고? 나는 프라하에서 100%의 확률로 인종 차별을 당해버리고 말았다. 한숨과 함께 낙담이 밀려왔다.

그런데 잠시만, 칭챙총이 아니라 바이러스라고?

그 말의 연원은 '우한 폐렴'이었다. 프라하에 도착하자마자 접한 전염병 뉴스는 가히 충격적이었다. 지나가던 행인이 갑자기 코피를 쏟으며 몸이 일자로 굳어 바닥에 쓰러졌고, '비상사태'라는 말이 뉴스 헤드라인을 점령하고 있었다. '중국발 원인 불명 집단 폐렴'이라는 뉴스가 혹시 유럽에서도 떠돌고 있을까? 어렴풋이 삼킨 질문은 다음 날 '바이러스!'라는 외침으로 돌아왔다. 우한 바이러스는 하룻밤 사이에 글로벌 뉴스 키워드가 되어 있었다.

우리는 중국에서 온 것도 아닌데 왜 우리가 바이러스라는 손가락질을 당해야 하나. 분노를 삼키고 다리를 건넜던 그날의 억울함은 매서운 바람보다 차가웠다. 그러나 더 큰 문제는 따로 있었다. '우한 폐렴'이 주는 공포가 전 세계 사람들 사이에 급속도로 퍼지기 시작한 것이다.

인천으로 돌아가는 탑승장에서는 나란히 마스크를 쓰고 있는 우리 세 모녀에게 한국인의 시선이 집중됐다. 어떤 이는 "마스크 어디서 사셨어요?"라는 말과 함께, 혹시 남는 마스크가 있으면 좀 나눠줄 수 있겠냐고 요청했다. 그러나 남은 마스크는 없었고, 그들은 실망한 표정으로 자리를 떴다. 비행기에 오르는 한국인 중에 마스크를 쓴 사람은 우리밖에 없었다. 탑승객들이 웬만해선 입을 열지 않는, 조용하다 못해 긴장감이 감도는 귀국 비행기였다.

고요한 비행기에서 마스크를 단단히 쓴 채, 카를교에서 겪은 일을 상기했다. 이윽고 그 일이 있기 전, 오스트리아 빈으로 이동하던 기차 안에서 만난 중국인이 떠올랐다. 그는 심지어 헛기침과 가래가 끓는 기침을 번갈아 했다. 언니와 내가 앉은 뒷좌석에서 연신 기침을 하는 동승객은 '우한 폐렴'이라는 불분명한 공포를 더욱 극대화했다. 기차 안에서 먹은 도시락에 혹시 바이러스 비말이 묻지는 않았을까? 입맛까지 뚝 떨어진 나는 배고픔도 잊은 채 보이지 않는 바이러스의 공포에 잠식되어 갔다. 콜록거리는 중국인의 기침은 4시간 동안 멈출 줄을 몰랐다.

그런데 거기까지 생각하고 나니, 내가 그를 '중국인'이라고 단정 짓고 느낀 불편함이 정당한 일이었는지 스스로 되물어야만 했다. 4시간 동안 나에게 공포심을 밀어 넣은 것은 '우한 폐렴'인가, '나의 편견'인가?

동양인으로 태어나 서양 국가를 여행할 때마다 인종 차별적인 눈짓만으로도 분노하는 내가, 중국어 한마디에 내면으로부터의 차별과 낙인을 찍었다는 것이 여간 부끄러운 일이 아니었다. 우리를 보며 '바이러스'를 외치던 유럽인과 중국인을 계속해서 불편해하던 나의 마음은 얼마나 다른 선상에 있는 것일까? 심지어 중국어를 썼다고 반드시 그 사람이 중국에서 온 사람인지 아닌지 알 길이 없는데도, 그가 우한에서 왔을 가능성을 궁금해했다. 답을 알 길이 없는데도 말이다. 부끄러운 귀국길이었다.

그로부터 약 한 달 후, '우한 폐렴'은 '코로나19'라는 이름을 얻었고, 코로나19 확진자들은 확진 순서에 따라 N번째 확진자라는 이름을 부여받았다. 그리고 그들이 다녀간 곳을 따라 '확진자

동선'이 공개됐다. 동선에 포함된 장소는 감염의 온상으로 낙인찍혀 방역이라는 이름하에 문을 닫았다. 감염 확산을 막기 위해 방역 및 소독이 이루어졌던 정부의 정책은 분명 필요했다. 다만 확진과 방역이라는 이름 아래 서로가 서로를 감시하고, 나아가 서로를 '바이러스의 숙주'처럼 낙인찍던 그때. 사람들이 서로를 의심하는 마음을 누그러뜨릴 무언의 체계가 우리에겐 없었던 것 같다.

미국, 특히 뉴욕에서는 'Where are you from?'이라는 문장을 웬만해선 쓰지 않는다고 했다. 우리에겐 별 뜻 없어 보이는 문장이 누군가에게는 '(미국인 같지 않은데) 어디서 왔나요?'라고 들릴 수 있기 때문이다. 다국적, 다민족, 다인종으로 형성된 도시에서 출신을 묻는 것은 인종 차별적인 발화일 수 있다는 것이다.

이 말을 듣고 그동안 나의 분노를 떠올렸다. 해외여행을 다니며 들었던 '니하오'와 '곤니치와'에 나는 얼마나 분개했던가. 한동안 나는 동양인으로 태어난 몸으로 늘 차별만 받는다고 생각했다. 그러나 나 역시 누군가를 '우한 폐렴'으로 낙인찍을 수 있는 인간이라는 걸, 나도 누군가를 차별할 수 있는 존재라는 걸 통렬히 깨달았다. 그래서 나는 코로나가 창궐한 2~3년 내내 누군가의 기침을 예단하지 말자고 되뇌었다. 감염은 응당 조심해야 할 일이지만, 누군가를 낙인찍는 일이 자괴감으로 돌아오고 나면 스스로의 못난 마음만 남을 뿐이니까. 인종 차별의 기억이 남긴 유일한 유산이었다.

침묵의 인종 차별은
어디에나 있었다.

그런데 그 주체가 내가 될 수도 있었다.

'Where are you from?'
을 쓰지 않는 도시

07

I am almost
Senegalese

아와를 만난 건 내가 두 번째로 세네갈에 갔을 때다. 2015년, 세네갈 국립 극장에서 1시간 30분짜리 공연을 만들어야 했다. 팀 인원은 7명이었고, 나는 리더였다. 21살 때 처음 세네갈에 왔을 땐 팀의 막내였기 때문에 신나게 놀고 공연 때 춤만 추면 됐다. 하지만 두 번째 공연은 차원이 달랐다. 춤을 1시간 30분 동안 연속적으로 출 수는 없고, 설령 가능하다고 해도 7명으로는 어림도 없었다. 중간에 영상을 상영하거나 소품 사용, 적절한 인원 배치로 1시간 30분의 공연을 만들어야만 했다. 구성은 한국에서 해 왔지만 세네갈 현지에서 공연을 준비하는 건 다른 문제였다. 세네갈 현지 감독들과 소통하여 공연 리허설을 해야 했다. 그들은 영어를 못했고 나와 그들 사이의 통역과 업무 보조를 하기 위해 아와가 투입되었다.

아와는 다카르의 국제경영학교(ISM)에 다니는 학생으로 영어, 프랑스어, 왈라프어를 구사하며 일본어까지 가능한 능력자였다. 여기서 문제는 내 영어 실력이었다. 세세하게 구성해 놓은 무대 연출과 타이밍을 설명할 수 없었다. 영문과에 다니는 후배 팀원에게는 자존심 때문에 부탁하지도 못했다.

큰 몸짓을 사용해 가며 더듬더듬 설명했고, 아와는 천천히 듣고 이해한 내용을 영어로 나에게 확인받은 후 다시 프랑스어로 감독님들에게 전달했다. 중간에 스스로가 너무 답답해서 가슴을 주먹으로 내리쳤는데 아와는 웃으면서 괜찮다고, 다 알아들으니 천천히 말해달라고 나를 안심시켰다. 아와 덕에 공연은 잘 마무리됐다. 중간에 다른 영상이 나오고 소품이 부서지고 다른 음악이 나오는 사소한(?) 사고들이 있었지만, 그에 맞춰 움직여 별 탈 없이 끝나긴 했다.

공연 후 아와는 친구들이 다 나에게 반했다며 너스레를 떨었다. 세네갈 국립 극장 공연뿐만 아니라 네 차례의 작은 공연이 더 있었고 그때마다 아와의 역할은 누구보다 컸다. 세네갈의 수도인 다카르에서 항구 도시 생루이로 이동하는 버스에서 우린 많은 대화를 나눴다. 대부분 아와의 이야기를 듣는 것이었지만 대화라고 느낄 수 있게 아와는 나를 많이 배려해 줬다. 아와와 계속 붙어 다니는 내게 함께 간 교수님께서 물었다.

"아와 쟤, 애가 괜찮지?"

당연히 그렇다고 대답하자 교수님께서 아와의 이야기를 들려주었다. 장학금을 받으며 ISM을 다닐 만큼 뛰어난 인재라고. 그럴 줄 알았다. 존경하는 교수님의 칭찬까지 들어서인지 아와가 더 멋있게 보였다.

생루이로 이동하던 중간에 잠시 휴게소에 들렀을 때, 한국에서 아버지가 쓰러지셨다는 연락을 받았다. 나중에서야 그게 심장 문제였다는 걸 알게 됐다. 안절부절못하며 머리를 쥐어뜯고 있는 나에게 아와가 다가와 무슨 일 있냐고 물었다. '아⋯ 아⋯' 하다가, 겨우 아빠가 아프고 쓰러졌다고 말했다. 울지 않으려 눈에 힘을 주고 있는 힘껏 눈물을 참았다.

아와는 나를 다독이며 자신의 아버지도 아프시고, 그런 지 오래됐다고 했다. 언니와 서로 의지하면서 살고 있다고. 눈물이 나려던 걸 참으며 고맙다고, 말해줘서 위안이 된다고 말하고 아와와 포옹했다. 후배들이 다가오길래 눈가에 맺힌 눈물을 닦고 버스로 돌아갔다. 아와가 내 등을 툭툭 쳐주어서 함께 웃었다. 다시 생각해 봐도 그때 내 영어는 뜻을 알기 힘들 정도로 엉망진

창이었는데 찰떡같이 이해하고 나에게 위로까지 건넨 아와가 신기할 따름이었다.

아빠의 소식을 들은 후로 세네갈에서의 시간을 속 편하게 즐기기가 힘들었다. 공연할 때를 제외하고는 그냥 조용히 생각에 잠겨 있었다. 팀원들과 막역한 사이가 아니었기에 이런 이야기를 털어놓지도 못했다. 아와는 이런 나를 유심히 관찰했던 것 같다. 아빠 생각에 빠져 있거나 한국에서 온 문자를 보며 심각해져 있을 때면 다가와서 어깨를 감쌌다(아와는 나보다 키가 좀 더 컸다). 그러면 나 역시 아와의 배려에 기분이 나아지곤 했다.

영어를 잘 못해도 아와와 대화하는 건 늘 즐거웠다. 아와는 내게 세네갈의 문화와 역사를 알려주고 싶어 했다. 그리고 아와의 이야기는 내 취향을 정확히 저격했다.

세네갈의 '고레 섬'은 노예 무역이 활발했던 곳으로, 노예선에 탑승하기 전에 아프리카 흑인들을 가둬두던 감옥도 그대로 보존해 둔 역사적인 섬이다. 이곳에 도착하자마자 아와는 눈물을 보였다. 고레 섬이 자신과 같은 아프리카 흑인들에게 주는 의미를 설명해 주기도 했다. 기억해야 한다고. 아와는 고레 섬에 수도 없이 왔지만, 올 때마다 눈물이 난다고도 했다. 그때만큼은 내가 아와의 어깨를 감쌌다.

시장에서는 세네갈식 흥정 방법도 알려줬다. 시장에서 팔찌

를 사면서 아와가 알려준 대로 흥정했다. 특별한 건 아니고 과
감하게 가격을 깎는 것이다. 주인이 부른 가격의 반절로 깎았
더니 주인은 제법이라는 듯이 웃으며 아와와 눈짓을 주고받았
다. 아와는 나를 기특하게 바라보았다. Hey! You are almost
Senegalese! 나는 어깨를 으쓱하며 그 칭찬을 온몸으로 받았
다. Yes, I am.

늦은 밤 숙소로 돌아가는 길, 아와가 숙소 앞 해변에서 수영을
해보지 않겠냐고 제안했다. 우린 바로 티셔츠와 바지, 양말을
벗고 바다로 들어갔다. 몇몇 후배들도 따라 들어왔다. 해변에는
조명이 거의 없었고 달빛이 바닷물에 비치는 게 전부였다. 아와
는 빛이 부족한 상황이라 자신은 거의 보이지 않을 테니 속옷을
노란색으로 준비한 거라고 말했다. 흑인들만 할 수 있는 유머였
다. 웃어도 되는지 눈치를 보다가 풉, 하고 웃음이 새어 나와 다
같이 바다가 일렁이게 크게 웃었다. 생애 가장 시원하고 눈부신
해수욕이었다. 다음 날 아침 해변 앞에는 어젯밤에는 보지 못했
던 팻말이 붙어 있었다. 상어가 나올 수도 있다는 내용이었다.
어쩌면… 시원한 것이 아니라 서늘한 것이었나?

한국으로 돌아가는 날 아와는 눈물을 보였다. 아마 다시 보지

못할 것이 당연했기 때문이었을 것이다. 한국과 세네갈은 너무 멀고, 우연히 만났을 뿐인 우리는 나중을 약속하기엔 너무 막연한 관계였다. 여러 번 포옹하고는 공항으로 향하는 버스를 탔다. 버스에서 방금 전 울었던 걸로 서로 놀리며 장난을 치다가 불현듯 아와의 나이가 궁금해졌다. 아와는 나보다 2살이 어렸다. 이렇게 언니 같은 동생이라니. 그 당시 나는 24살, 아와는 22살이었다. 한국 사회의 나이 주의에 입각하여 보니 아와가 더 대단해 보였다. 공항에 도착하고 아와는 한 번 더 눈물을 보였다. 나는 웃으며 '언니 또 봐'라고 말해보라고 했다. 영문도 모르고 '언니 또 봐'라고 인사한 아와. 우린 그리고 두 번을 더 만났다. 1년 뒤 아와가 ISM 학생들과 함께 한국을 방문했고 그로부터 1년 뒤 나는 또 공연을 위해 세네갈로 갔다.

영어를 잘하고 싶은 이유를 꼽자면 '아와와 깊은 대화를 하고 싶어서'라는 마음이 늘 있다. 내가 얼마나 고마운지, 얼마나 너를 소중하게 생각하는지 한 번도 속 편하게 전하지 못했다. 더듬거리는 영어로 "나는 외국인과 이렇게 깊은 감정을 나눌 수 있을지 몰랐다"라고 말한 적은 있지만, 그나마도 전달되었는지 모르겠다. 지금은 인스타그램으로 근황을 보는 정도의 사이지만 언젠가 한 번은 내 마음을 온전히 표현하고 싶다.

내 친구 AWA. 열정적으로 삶을 꾸려가는 멋진 친구다. 처음 같이 찍은 사진.

공연이 끝나고 아이들과 뛰어놀았다. 사진을 찍어도 되는지 물어봤더니 하나둘 몰려든 아이들. 즐거워 보였다.

자리를 잡고 서 있었다. 본인들을 찍으라고. 흡사 가족사진 같지만 아니다. 그 주위에 있던 세네갈 주민들이다.

키가 10m 정도 되는 바오바브나무에 올라섰
다. 사다리가 있어 올라갈 수 있게 만들어져 있
었다. 이런 데에만 겁이 없다.

처음 만나고 3년 후 다시 세네
갈로 가 아와와 재회했던 날.
아와는 세네갈에서 가장 힙한
클럽에 데려가 주었다. 시끄러
워서 30분 만에 나왔다.

Hello,
Stranger

24살, 유럽 여행을 가기 위해 모아야 하는 목표 금액은 500만 원이었다. 어떻게 모아야 할까, 머리를 굴려보아도 학기 중에 모으는 건 불가능했다. 특단의 조치가 필요했다. 답은 휴학이었다. 겨울 방학이 끝나자마자 휴학을 신청했고, 나는 하루에 12시간씩 인터넷 강의를 찍는 카메라맨이 되었다. 학교를 다니면서 인터넷 강의를 촬영하는 아르바이트만큼 '꿀알바'는 없었다. 물론 광고나 드라마 현장의 촬영 아르바이트를 하면 일당이 두 배였지만, 머리가 자랄수록 도저히 견딜 수 없는 것이 많아졌다. 시도 때도 없는 아저씨들의 흡연 타임과 불쾌한 농담은 조금씩 쌓여갔고, 그것들을 더 이상 참을 수 없을 때 나는 현장과 관련된 모든 연락처를 지워버렸다. 돈을 벌기 위해 나의 정신을 갉아먹는 일은 더는 하고 싶지 않았다.

그렇게 인터넷 강의 촬영으로 돌아가자 일은 쉬웠으나, 과도한 욕심이 화를 불렀다. '일 많이 주세요'라는 한 마디에 팀장은 8시부터 밤 10시까지 촬영 스케줄에 나의 이름을 올려줬다. 이름만 들으면 누구나 알 만한 교육 회사였다. 그곳에 아침 8시부터 출근하는 사람은 나밖에 없었다. 아무도 없는 회사의 보안 키를 누르고, 불을 켜고 카메라를 세팅하고 나면 나만큼이나 비몽사몽한 상태의 강사가 강의를 시작했다. 그렇게 12시간 촬영을 하고 어둠이 내린 밖으로 나서면 찬바람에 코끝이 시렸다. 나는 바람을 핑계 삼아 이따금 코를 훌쩍이는 척 눈물을 훔쳤고, 어떤 날은 눈물을 흘리며 지하철역으로 뛰어갔다. 누가 시킨 것도 아닌데, 스스로의 욕망을 채우고자 하는 일인데 내가 왜 우는지 스스로 자책하며 잠들었다. 6시간 뒤에 일어나야 했기에 자책할 시간도 없었다. 어떤 날은 불면의 밤이 이어져 한숨도 못 자고 다시 집을 나서기도 했다.

흘린 눈물이 많아질수록 통장 잔고도 늘었다. 그러나 여행 경비는 여전히 부족했다. 여행이 임박한 시점까지 일정 중간중간 머물 숙소를 예약하지 못했고, 나는 결국 카우치서핑이라는 세계에 발을 들이고 말았다. 카우치서핑(Couch Surfing)은 잠 잘 만한 '소파(Couch)'를 '옮겨 다니는 일(Surfing)'을 뜻하는 여행자 네트워크로, '무료 숙박 품앗이'를 할 수 있는 여행자들을 위한 비영리 커뮤니티이다. 지금 생각하면 어떻게 겁도 없이 남의 집에서 잘 수 있었을까. 그 시절 나의 객기에 나조차도 아찔해진다. 돈이 없으니, 겁도 없었다. 울면서 모은 돈을 어떻게든 아껴보고자 하는 마음은 누군가의 집에서 머물 용기로 재탄생했다.

감히 직항 비행기를 탈 수는 없기에, 중국을 1회 경유하여 여행의 첫 번째 목적지인 이스탄불에 도착했다. 바다가 보이는 허름한 호스텔에서 이틀 정도 쉰 다음 배를 타고 신시가지로 향했다. 햇살이 강하게 내리쬐는 날씨에 도착한 신시가지의 모습은 구시가지와 사뭇 달랐다. 게임 속 그래픽처럼 해변을 따라 길게 뻗어 있는 도로 위에는 수많은 자동차가 있었고, 열심히 걷고 운전하고 뛰는 사람들로 가득했다. 그리고 그 도로 너머에 나를 재워줄 튀르키예인이 있다.
오랫동안 관리하지 않은 듯 풀이 가득한 언덕을 넘어 연식이 조

금 되어 보이는 아파트로 들어갔다. 해사한 미소와 함께 주인이
문을 열어주었다. 카우치서핑 웹사이트에서 몇 마디 나눠본 것
이 전부인데, 마치 오래전부터 알고 있었지만 왕래가 없었던 친
척 집으로 들어가는 듯한 기분이었다.

방 두 개에 널찍한 거실과 발코니가 있는 집에는 10살 남짓 되
어 보이는 아들과 엄마가 살고 있었다. 엄마는 낯선 여행자에게
아들의 방을 내주었다. 나는 화들짝 놀라며 거실에서 자겠다고
한사코 거절했지만, 아들은 씩씩하게 자신의 침대를 양보했다.
아등바등 새로운 세계를 찾아온 낯선 이에 대한 호의. 한 번도
경험해 보지 못했던 이방인의 호의에 마음 깊은 곳에서 따뜻함
이 차올랐다.

함께 저녁을 먹고 발코니에 둘러앉아 이야기를 나누었다. 아들
역시 한 자리를 차지하고 이야기꽃을 피웠는데, 이따금 놓치는
영어가 있으면 곧장 엄마에게 질문을 해 모국어로 답을 얻었다.
이 가치와 아들의 침대가 교환된 거구나! 나는 그 장면을 보며,
어린 나이에 이방인의 말과 행동을 받아들이고 있는 그 아이의
미래를 어렴풋이 가늠해 보았다. 어릴 때부터 여러 나라의 사람
들을 만나게 함으로써 자식의 시야를 넓혀주고자 했던 엄마의
마음은, 분명 아들을 코스모폴리턴의 미래로 데려갈 것이다.

[튀르키예 이스탄불 + 서울]

그러나 그게 전부는 아니었다. 내가 오래도록 그날을 기억하는 이유는 따로 있다(그 뒤에도 카우치서핑을 두 번 더 했지만, 이토록 자세하게 기억하지 못한다). 바로 새벽 네 시에 나를 정류장까지 데려다준 집주인의 말도 안 되는 호의 때문이다. 시간은 새벽 네시, 파묵칼레로 향하는 새벽 여섯 시 비행기를 타기 위해 국내선 공항으로 향하는 택시를 타야 했다. 감사의 마음을 담은 쪽지를 써놓고 몰래 집을 나서려고 했는데, 전날 밤 대략적인 일정을 들었던 집주인이 별안간 버스 타는 곳까지 태워다 주겠다며 함께 집을 나섰다. 잠깐도 기대한 적 없었던 타인의 친절에 놀란 마음은 아직도 고스란히 남아 있다.

공항으로 가는 버스를 타기 위해 도착한 정류장에 내려 집주인과 깊게 포옹했다. 연신 감사하다고 인사를 하는 내게 그분은 'Go! Go!' 하며 웃어 보였다. 그날 새벽에는 머리카락이 얼굴을 계속 때릴 만큼 거센 바람이 불고 있었다. 눈앞을 가로막는 머리카락 사이로 주황색 가로등 아래에 어렴풋이 보이던 그분의 얼굴을 지금까지도 잊을 수 없다. 얼마 전까지만 해도 그때를 떠올리면 눈물이 차오르곤 했는데, 그 이유를 알지 못했다.
이 글을 쓰다 보니 이제는 알 것 같다. 구구절절 말하진 않았지만, 이스탄불에 오기까지 들였던 나의 노력과 방황을 감싸안아

준 듯한 느낌. 그 때문에 그날을 지금까지도 기억하고 있는 것 같다.

'여기까지 오려고 울면서 돈을 모았다며? 고생했어.'

새벽 네 시의 포옹은 내게 그런 뜻이었다. 아마 고생 없이 도착한 땅이었다면 그저 감사한 일화로 끝났을 수도 있을 주황색 바람은 그해 여름, 나를 다시 일으킨 바람이 되었다.

붉은색 깃발이 휘
날리던 탁심 광장
의 모습

튀르키예 비둘기는
제법 정숙했다.

카우치서핑 목적지로 가던 길. 눈부신 태양
빛이 비현실적이었다.

08

여행으로 배우는
자본주의

호텔 발레파킹 무료, 인천 공항 라운지 무료, 환전 시… 신용 카드 혜택을 살펴보던 중 공항 라운지 무료 혜택에 구미가 당겼다. 서솔과 나트랑 여행을 계획하며 라운지에서 밥을 먹고 비행기를 타면 딱 좋을 것 같다는 생각에 연회비가 30만 원으로 꽤 비싼 신용 카드를 만들었다. 꼭 필요했다기보다는 '비싼 카드를 쓰면 뭐가 좋을까?' 하는 호기심이 들어서였다. 신용 카드를 발급받자마자 신나서 서솔에게 먼저 말해뒀다.

"나 이 카드 만들었는데 이걸로 공항 라운지 들어갈 수 있나 봐! 우리 그날 좀 일찍 출발하니까 라운지에서 밥 먹자."

서솔에게 연회비를 말해주니 안 그래도 큰 눈이 더 커졌다.

"어? 너무 돈 낭비 아냐? 되게 비싸다!"

"근데 궁금하지 않아? 이거 쓰면 뭐가 좋은지. 재밌잖아."

재미에 30만 원을 태우다니. 자본주의 사회의 어른이라고 볼 수 없는 경솔함이었다. 여행, 공항 라운지 첫 경험의 설렘 등으로 들뜬 상태에서 인천 공항에서 탑승 수속을 했다. 탑승 게이트와 가장 가까운 공항 라운지를 찾아갔다. 입구부터 조용하고 고급스러웠다. 들어가기 위해 안내원과 이야기를 나눴다.

"라운지 들어가려고 하는데요."

"네. 탑승권과 이용권 보여주세요."

"탑승권이요…? 카드가 아니라요?"

"네. 카드는 따로 필요하지 않습니다."

"아. 이 카드는 혹시…."

비싼 연회비를 태운 카드를 보여주니 안내원 분이 당황스러운 표정을 지었다. 해당 라운지는 카드로 들어가지 못한다는 것이다. 그럼 어떤 카드가 필요하냐고 묻자, 다른 방법도 있지만 신용 카드만으로 들어갈 순 없다고 했다. 뻘쭘하게 라운지 입구를 벗어나면서 카드 이용 방법을 다시 찾았다.

"라운지… 라운지 맞잖아. 대한항공은 안 되는 건가?"

자세히 읽어보니 신용 카드 혜택으로 들어갈 수 있는 라운지가 따로 있었다. 이용할 수 있는 가장 가까운 라운지는 탑승구와 멀리 떨어져 있었다. 라운지를 포기하자는 솔을 설득해 굳이 먼 곳까지 찾아갔다. 라운지 입구 쪽으로 다가갈수록 사람들이 모여 있는 게 보였다. 이게 다 라운지에 들어가려는 사람들인가? 설마 했는데 맞았다. 티 익스프레스 대기 줄처럼 길게 늘어선 인파를 뚫고 보니 라운지 입구부터 이어진 줄이라는 걸 알 수 있었다. 탑승 시작 시각은 1시간 30분 남은 상황이었다. 우리는 라운지를 포기하고 다시 탑승구로 향했다.

"미안해, 서솔. 나 때문에 많이 걸었네."

"뭐가 미안해. 괜찮아."

"이렇게 많은 사람이 라운지를 기다리는 게 신기하다, 근데."

"그러게. 우리만 몰랐나 봐."

"대한항공 라운지 좋던데."

"너 가봤어?"

"응. 교수님이 두 번 데리고 가줬어. 그땐 나도 들어갈 수 있을 줄 알았지. 문턱이 높네."

그땐 지인 찬스로 들어갔던 건데 내가 너무 쉽게 봤다. 서솔은 시무룩한 표정으로 걷는 내 등을 툭툭 치며 위로했다. 우리도 다음에 가보자.

게이트 옆 카페에서 샌드위치를 씹으며 생각했다. 이게 자본주의인가. 대단한 굴욕을 당한 것도 아닌데 기대했던 라운지에 못 들어갔다는 것만으로 약간 마음이 상한 게 어쩐지 웃기기도 했다. 연회비 30만 원으로는 쉽게 넘을 수 없는 라운지의 문턱이 그날따라 더 높게 느껴졌다.

한국보다 GDP와 환율이 낮은 국가에 갈 때 은연중에 기대하는 부분이 있다. 같은 돈을 써도 한국에서보다 더 좋은 경험을 할 것이라는 기대. 나트랑으로 향할 때도 같았다. 하지만 엄청난 차이를 맛보긴 힘들다. 보통 휴양지로 유명한 국가를 여행할 때는 주로 리조트에 머물러서 현지인처럼 생활해 보거나 식료품을 사지 않기 때문이다. 물가가 싼 건 자명하지만 우리가 다닐 만한 관광지, 레스토랑, 리조트 등의 물가는 한국과 거의 다르지 않다. 환율이 낮다고 해서 신분 상승이라도 할 것처럼 부풀었던 마음에서 바람이 빠져버리듯 실망했다.

사람들은 '내가 돈을 이렇게나 썼어?' 하면서 흔히 여행에서만 느낄 수 있는 특유의 기분을 좋아한다고 하는데 나는 반대로 여행만 가면 경제관념이 투철해지곤 한다. '지금 이게 원화로 얼마냐?', '한국에서도 이것보단 싸겠다', '한국이랑 비슷하네' 따위의 멘트를 쏟아내곤 한다. 평소 한국에서 경제관념이 없어서 그런 걸까? 경제 활동을 하면 할수록 신분이 바뀔 만큼의 일확천금은 벌기 힘들다는 걸 체감한다.

자산 가격이 오르고 대출 금리가 나날이 낮아지던 팬데믹 시국에는 나도 쉽게 자산가가 될 것만 같았다. 개인이 받는 지원금, 사업자로서 지원금은 불로 소득으로 느껴졌다. 위기도 누구에겐 기회라더니, 나의 경제 사정이 오히려 팬데믹 덕분에 너무잘 풀리는 건가 싶었다. 경제 공부를 안 하니 이리도 어리석다. 다시 금리가 오르고 자산 가격 거품은 가라앉았을 때 이미 붕떠오른 나를 발견했다. 야! 누가 거기까지 가래? 빨리 내려와.

현실에서 도피하는 수단으로 여행을 떠나지만, 여행지에 있을수록 나의 현실과 거리감이 생기고 더 객관적인 판단과 피드백을 하게 된다. 한국에 남아 있는 통장 잔고가 눈에 아른거려 여행지에서의 씀씀이를 걱정하는 것이다. 찰나의 신분 상승을 경험한다고 해도 '순간'인 것을 알기에 괴리감을 민감하게 느끼는것이다. 감각이 과부화될 때 생각하기를 멈춘다.

카르페디엠을 외치며 현재를 즐기는 현명한 방법을 사용한다. 이 방법은 유럽과 같은 물가가 비싼 국가를 여행할 때 더 자주사용한다. 덮어놓고 돈 쓰면서 머리를 텅 비워버리는 그거. 뭔지 알죠, 다들? 나만 그러는 거 아니잖아요.

[대한민국 인천 공항 + 회수]

귀국을 위해 공항에 들어설 때면 현실로 다시 돌아간다는 생각에 아쉽기만 하다.

비행기라는
계급 사회

평소 라면을 좋아하는 사람이라면, 비행기 안에서 풍기는 라면 냄새에 참을 수 없는 유혹을 느낀 경험이 있을 것이다. 높은 고도에서는 혀의 민감도가 30% 떨어지고, 물도 100도까지 끓지 않아 라면이 더 맛없다는데, 허공에 떠 있을 때 맡는 라면 냄새는 왜 이렇게 자극적으로 느껴지는 걸까?

비행기에서 라면을 먹어본 경험은 몇 년 전, 배고픔을 참지 못해 4천 원을 주고 시켜 먹었던 컵라면이 전부다. 하지만 인천에서 출발한 비행기에서 라면 냄새가 풍기지 않았던 적은 한 번도 없었다. 그리고 역시나, 프랑크푸르트로 향하는 이번 비행기에도 라면 냄새가 풍겼다. 하얀 앞치마를 두른 승무원이 라면을 들고 지나가자, 나도 모르게 코가 반응했다. 무의식적으로 '맛있겠다'라고 느끼고야 마는 지독한 생리적 반응. 고도로 문명화된 사회에 이토록 기본적인 욕구 충족만을 위한 공간이 또 있을까? 오로지 먹고, 자고, 원활하게 배변만 하면 되는 공간. 시도 때도 없이 울려대는 카카오톡 알림도 없이 지루할 만큼 고요한 공간에 갇힌 인간에게 중요한 건 얼마나 편히 먹고, 얼마나 편히 누울 수 있느냐밖에 없다. 다만 그것을 정말로 '편히' 누리고 싶다면 돈을 많이 내야 한다는 게 평소와 다를 뿐. 그래서 우리는 잊을 만하면 비행기라는 공간에 관한 토론을 벌인다.

┗ 냄새가 심한데 비행기에서 라면 금지해야 하는 것 아닌가요?

┗ 비행기 좌석 뒤로 젖히는 건 실례 아닌가요?

┗ 갓난아이 데리고 비행기 타면 민폐 아닌가요?

1930년대 이후, 비행기가 돈 좀 있는 사람들만의 교통수단이었을 때 비행기 안에는 호화로운 원형 테이블로 가득 찬 식당이 있었고, 객실에는 이층 침대가 놓여 있어 모두가 누워 갈 수 있었다고 한다. 지금으로서는 상상도 할 수 없는 장면이다. 만약 지금도 모두가 비행기 안에서 누울 수 있다면 서로에게 조금 더 너그러워질 테지만, 현실은 다리 하나를 뻗기 위해선 '엑스트라 레그 룸'을 눌러 추가 금액을 결제해야만 한다.

항공권을 결제할 때마다 자본주의라는 게 참 지독하다는 생각을 많이 했다. 비즈니스, 퍼스트 클래스는 차치하고서라도 앉는 자리, 먹는 것 모두 돈으로 치환되어 출국하는 순간부터 'Class'의 기제가 발동된다. 돈을 더 많이 낸 승객은 덜 기다리고, 돈을 덜 낸 승객은 여행지에서 짐을 찾는 것도 한세월 기다리게 된다. 사실 후자는 이번 여행에서 처음 겪었다. 비즈니스 클래스 이상 승객의 짐이 먼저 나오는 것을 모르고 짐을 찾으려 한참 헤맨 후 '자본주의'라는 말을 다시 한번 곱씹어 보았다.

이런 일화에 '억울하면 돈을 더 내세요'라고 대응한다면, 당연히 할 말은 없다. 항공사에서 책정한 가격을 지급하면 그에 상응하는 서비스가 딸려올 테니 덜 기다리고 싶고, 더 편해지고 싶다면 돈을 더 내면 된다. 그러나 대부분의 사람에게는 그림의 떡일 뿐이다. 원하는 만큼 편한 비행을 할 수 있는 사람은 상위 0.1%만이 가능할 테니까 말이다.

혹자는 비행기라는 공간이 '빈자가 부자에게 빚을 지는 곳'이라
고 했다. 퍼스트, 비즈니스 클래스를 빼고 이코노미 좌석만으로
비행기를 운행하려면 지금보다 훨씬 더 많은 돈을 지급해야 한
다는 것이 그의 계산법이었다. 요컨대 부자들이 후한 값을 치
러준 덕분에, 돈이 없는 사람들이 비행기를 탈 수 있다는 말이
었다.

돌연 기분이 나빠지는 글이었다. '부자 혹은 빈자'라는 이분법으
로는 내가 당연히 '빈자'라서 기분이 나빴던 것은 아니다. '비행
기 좌석이 더 넓었으면 좋겠다'라고 말한다면, 어쩐지 '너넨 그
럼 이제부터 타지 마' 하며 극단적으로 비행기라는 교통수단을
빼앗아 버릴 것처럼 느껴졌기 때문이다. 피해의식일지도 모르
지만, 부자들의 호혜를 있을 때 누리라는 전언처럼 들렸다. 노
블레스 오블리주가 아닌, 우리가 많이 내주니까 감사하라는 느
낌. 모두에게 공평한 것처럼 떠 있는 하늘도 결국 불공평한 세
상이었다는 게 슬펐다.

그러나 동시에, 비행기라는 공간에 가졌던 나의 의문—비행기
를 타면 왜 불편한가?—이 어느 정도 풀렸다. 숨 쉬는 것도 불편
해 보이는 승무원들의 옷차림과 앞뒤로 꽉 막힌 좌석 간격만이
비행기에서 느끼던 불편함의 전부는 아니었다. 여행을 갈 때마

다 마음 한편이 불편해졌던 건, 결국 돈이 모든 것을 해결해 준다는 물질만능주의에 대한 염증 때문이었다. 돈이면 다 된다는 마인드로 가득 찬 비행기라는 공간에 갇혀 몇 시간 동안 있는 게, 난기류만큼이나 나의 마음을 힘들게 할 때가 있었던 것 같다. 좌석을 있는 대로 젖히는 사람, 승무원에게 과도한 요구를 하는 사람들을 나 역시 이따금 목격했는데, 마음의 저변에는 내가 낸 돈에 대해 털끝만큼도 손해 보고 싶지 않은 마음이 있었을 테다.

비행기 안에 그런 마음들이 넘실거리는 게 느껴질 때마다 나는 당장이라도 비행기 창문을 활짝 열고 바깥바람을 쐬고 싶었다. 그건 불가능하기에, 내친김에 비현실적인 꿈을 꾼다. 돈이 없어도 꿈은 꿀 수 있기에, 나는 사람들의 날 선 마음을 조금이나마 누그러뜨릴 수 있을 만한 비행을 꿈꿔본다. 1930년대처럼 모두가 누워 가는 비행기를 꿈꾸는 것은 아니더라도, 서로의 좌석 기울기에 극도로 예민해지는 정도만이라도 해결될 수 있다면. 인간의 기본 욕구를 모두가 무리 없이 수행할 수 있는 비행기가 우리 앞에 찾아오기를 진심으로 바라본다.

Q1. 비행기는 안전이 먼저일까, 욕구가 먼저일까?

Q2. 비행기에서 기내식은 왜 이렇게 중요해졌을까?

09

파우스트 읽기
혹은 마시기

20살, 동아리 신입생 환영회가 끝나고 술을 더 마시러 혼자서 칵테일 바를 찾았다. 학교 근처, 지금은 피자 가게가 들어선 자리에 홀이 큰 칵테일 바가 있었다. 넓은 자리밖에 남지 않아 쭈뼛거리는 나를 바텐더는 친절히 바 자리로 안내했다. 바 자리는 아직 너무 부담되어서 정중히 거절하고 넓은 자리에 앉는 것에 양해를 구했다. 늦은 시간이어서였는지 흔쾌히 자리로 안내받았다. 칵테일 메뉴를 천천히 훑어보는데 아무것도 알 수 없었다. 나중에 칵테일 바를 운영해 보게 될 줄은 꿈에도 몰랐던 때였다. 메뉴만 너무 오래 봤더니 술이 다 깨는 기분이었다. 친절한 바텐더는 다시 나에게 다가왔다.

"메뉴 결정하셨나요?"

"아… 제가 잘 몰라서요. 고르기가 힘드네요."

"평소에 어떤 걸 좋아하세요?"

"그런 취향은 없고요. 지금 제가 찾는 건 빠르게 취하고 달콤한 술입니다."

"그럼, 롱아일랜드 아이스티 어떠세요? 20도로 도수는 높은데 음료수같이 상큼해요."

"아, 그건 마셔봐서요. 새로운 걸 찾고 있어요. 다른 것도 있을까요?"

"그럼 '파우스트' 어떨까요? 40도 정도의 럼 베이스 칵테일이고요. 아마 바로 취할 수 있을 겁니다. 달아요, 그리고."

"딱 좋네요. 그걸로 주세요."

파우스트와 나의 첫 만남은 그렇게 시작됐다. 「파우스트」가 괴테의 희곡이라는 건 칵테일 파우스트를 즐겨 마시던 20대 중반 쯤에 알게 되었다. 읽어보려는 시도는 하지 않았다. 희곡의 제목이 독한 칵테일에 붙은 걸 보면 어지간히 지독한 작품일 거라는 직감이 들었다. 나에게 파우스트는 주머니가 얇은 대학생을 취하게 해주는 꽤 분위기 있는 한 잔일 뿐이었다.

서솔과 독일 여행을 준비할 때, 서솔은 도서관에서 『파우스트』

를 빌려왔다.

"이건 왜 빌려온 거야?"

"읽으려고."

"그렇겠지. 혹시 괴테 생가 갈 거라서?"

"응. 내가 괴테 작품을 너무 안 읽어봤더라고."

"넌 대단하다, 솔아. 나도 읽어볼래."

서솔에게는 따르고 싶게 만드는 힘이 있다. 프랑크푸르트 괴테 생가 견학을 일정에 넣었다고 해서 그의 작품을 모두 읽고 가는, 별세한 예술가를 향한 이토록 적극적인 존경의 표현이 있을 수 있나 싶었다. 내가 만난 여행자 중에서 가장 멋진 여행 준비를 한다고 생각했다. 우린 함께 『파우스트』를 읽고 감상을 나누기로 했다. 서솔은 『파우스트』를 일주일 안에 다 읽고 반납까지 했다. 독일행 비행기에 오를 때까지도 나는 『파우스트』를 읽고 있었다.

서솔   그래서 우리 감상은 언제 나눠?

휘수   괴테의 숨결을 느낄 수 있는 생가에서 나눠봐도 좋을 거라고 생각해.

서솔 (그저 웃는다.)

휘수 이 비행시간 안에 읽을 수 있을 거 같아.

그러나 나는 〈엘리멘탈〉을 시청하며 울다가 한 시간 정도 잠을
잔 뒤 겨우 책을 펼쳤다.

휘수 이 책 근데 결말이 뭐야?

서솔 읽어봐~

휘수 내가 스포 당하는 걸 좋아해서 그래.

서솔 범인은 황정민.

휘수 아… 오키.

결국 나는 괴테네 대문 앞에 서는 순간까지 결말을 알 수 없었
고 솔이와『파우스트』에 대한 감상은 나누지 못했다. 서솔과 내
가 공저한 전작『우리 대화는 밤새도록 끝이 없지』에서 서간문

을 쓸 때『젊은 베르테르의 슬픔』을 읽었다. 우리가 주고받은 실제 편지와 다르게 베르테르 혼자 보내는 편지이자 허구적인 내용이지만 서간문 형식의 고전을 읽어보고 싶었다. 죽은 괴테에게 속으로 말했다.

그래도 한 작품은 읽고 왔어요. 베르테르의 중2병 가득한 고뇌에 거부감이 들기도 했지만 참아내고 끝까지 읽었답니다. 대문호는 이런 대저택에서 나오나 봅니다. 집 안에 대단한 물건이 많아 신나게 구경했습니다. 동쪽의 아시아에서 온 제가 알아볼 수 있도록 한국어 가이드도 갖춰져 있더라고요. 서양 문학에서 빼놓을 수 없는 괴테, 당신이 살았던 곳에 다녀오니 어쩌면 나도 더 좋은 글을 쓸 수 있진 않을까 합니다.『파우스트』는 다 읽지 못했지만『젊은 베르테르의 슬픔』은 꽤 열심히 정독했습니다. 베르테르 효과라는 말을 통해 주인공이 스스로 죽음에 이르는 건 알고 있는데도 그 마지막까지 다다르는 과정에 감탄할 수밖에 없었어요. 앞서 중2병이라고 깎아내리는 발언을 하기도 했지만 웃자고 그런 겁니다. 누구나 중2병, 청소년기는 거치기 마련이니까요. 얼마나 대단한 작품인지는 저의 칭찬이 필요 없을 정도로 자명하지요. 하지만 이건 꼭 말해주고 싶었습니다. 저는 서문을 읽기 전에『젊은 베르테르의 슬픔』을 오해하고 있다 느꼈습니다. 왜 이토록 오랫동안 명작의 반열에 포함되는지를 바로 깨달았습니다. 저는 그 이유를 다정함이라 생각해요.

> "베르테르와 같은 충동을 느끼는 선한 영혼을 가진 분들이시여,
> 부디 그의 슬픔에서 위로를 얻으십시오."
>
> - 『젊은 베르테르의 슬픔』서문

슬픔에서 마음의 위로를 얻을 거라는 통찰은 당신이 아주 슬펐기 때문이 아닐까요?

괴테와 속 깊은 대화를 나누던 중 솔이는 천문 시계에 푹 빠져 있었다. 우주나 천문학과 관련한 것은 일단 서솔의 관심을 끄는데, 이번에는 18세기에 만들어져 지금도 정확히 돌아가는 천문 시계가 서솔의 마음을 뺏었다.

휘수 괴테네 놀러 갔다 오니까 어때?

서솔 역시 예술을 하려면 잘 살아야 해.

휘수 똑같이 생각했네. 나는 속으로 괴테한테 한마디 했어.

서솔 뭐라고?

휘수 대문호는 대저택에서 나온다고. 우리도 넓은 집 살아야 하는 거 아니냐, 글 잘 쓰려면?

이듬해 서솔과 나는 룸메이트가 된다. 막상 집을 구할 땐 한시가 급해 전전긍긍하느라 생각하지도 못했는데 지나고 보니 괴테의 생가에서 나눈 이 대화가 우리가 좀 더 넓은 집을 구해 같이 글을 쓸 서재를 만들 수 있게 한 건 아닐까?
페이지의 여백을 채워가고 있다. 우리의 서재가 괴테의 집에서부터 예정된 것이라고 생각하니 넓어진 공간만큼 더 많은 글을 읽고 쓰고 싶어졌다.

독일 호텔에서 보던 일출

멋들어진 일출 앞
에서 업무 카톡 보
내는 중.

독일 호텔에서 보던 일몰

풀밭 위의
점심

프랑크푸르트 국제도서전에 가게 된 건 순전히 우연이었다. 어쩌다 보니 국제도서전의 일정과 겹친 날 그곳에 체류하게 되는 것을 알았고, 여행 코스에 포함했다. 프랑크푸르트 국제도서전은 15세기 구텐베르크가 금속 활자를 개발한 이후 비슷한 명맥으로 이어진 출판계 행사이며, 전 세계 출판 저작권 계약의 25% 정도가 이루어진다고 하니 경험 삼아 행사가 어떻게 열리는지 구경해도 좋을 것 같다는 가벼운 마음이었다.

그러나, 목적지 앞 트램 정류장에 내릴 때부터 심상치 않았다. 마치 고등학교 등굣길처럼, 정류장에서 내린 모든 이들이 한곳을 향해 걸음을 옮겼다. 지도를 켜보지 않아도 우리의 목적지가 어딘지 알 수 있었다. 계단을 올라가 티켓을 발권하고, 어느 유럽의 행사처럼 간단한 짐 검사를 할 때까지만 해도 '인파가 붐비는 행사장' 정도였으나, 외부 광장을 향해 나아간 순간 나와 휘수는 아연실색할 수밖에 없었다.

압도적인 규모에 입을 다물 수가 없었다. 어림잡아 비교하자면, 으레 열리는 코엑스 전시회장이 적어도 5개는 붙어 있는 느낌이었다. 내가 예상한 행사장은 코엑스 정도였는데, 우물 안 개구리의 상상이었다. 가운데 거대한 광장을 두고 네 면을 둘러싼 건물 외벽에는 1부터 5까지의 숫자가 적혀 있었고, 야외에는 거대한 지역 축제처럼 온갖 푸드 트럭이 운영되고 있었다. 그리고 그 트럭 앞에 서 있는 대기 줄은… 어떻게 이걸 기다릴 수가 있는지 의문일 정도로 긴 행렬이었다.

족히 몇만 명은 모여 있는 광경에 식은땀이 났다. 예기치 않게 공황 장애가 찾아온 이후 인파가 모이는 곳에 가기 힘든 내가, 가장 피하고 싶어 하는 장소에 제 발로 걸어 들어온 셈이다. 광장에 들어찬 사람들을 보고 발을 움직일 수가 없었다. 티켓값은 아깝지만 그냥 뒤돌아 나갈까, 우뚝 서서 잠시 고민했다.

[독일 프랑크푸르트 + 서울]

'그래도 여기까지 왔는데. 언제 또 볼 수 있을지 모르잖아. 서울에서 열리는 도서전이랑은 다르잖아.'

'근데 이 인파를 뚫고 걸어 다닐 수가 있다고? 보기만 해도 기 빨려서 도망가고 싶은데? 걷기만 해도 모르는 사람들과 어깨가 부딪칠 텐데?'

내 안의 두 자아가 대립했다. 원래대로였다면 뒤돌아 나갔을 텐데, 그럴 수가 없었다. '여기까지 왔는데'의 기치가 대립의 우위를 점했고, 잠깐의 고민 끝에 조금 덜 복잡해 보이는 전시관을 향해 발을 뗐다. 익숙해지기 전까지 조금만 고생하면 되겠지, 속으로 비장한 마음을 켜켜이 쌓았다.

인파를 헤치고 전시관 안에 들어서니 코너마다 소규모 강연과 공연이 열리고 있었다. 서로가 서로의 오디오는 신경 쓰지 않는 듯 입구에서 떼창을 하는 부스도 있었다. 그 모습을 보며 '책은 그저 이용당한 건가?'라고 생각할 때쯤 또 다른 충격이 눈앞에 펼쳐졌다. 정체를 알 수 없는 온갖 코스튬 플레이어들이 공간을 활보하고 있었다. 처음 몇 명을 발견했을 땐 그저 화려하게 치장한 사람들인 줄 알았는데, 눈에 익은 캐릭터들이 보이기 시작하니 이 또한 심상치 않은 일이었다.

국가별, 대륙별로 마련된 전시장을 지나고, '레고'와 같은 대기업이 마련한 부스를 거친 뒤 'ANIME' 섹션이 눈에 들어오자 비로소 코스튬 플레이어들이 어디서 왔는지를 알 수 있었다. 나중에 찾아보니 독일 코스튬 대회 DCM(German Cosplay Championship)이 국제도서전 안에서 함께 열리고 있었는데, 무려 10년 넘게 개최되고 있는 대규모 행사였다. 코스튬 플레이어는 기껏해야 게임 페스티벌이나 게임 리그 결승전과 같은 행사장에서나 볼 수 있는 존재였는데, 무려 '책'과 함께 각종 게임과 만화 캐릭터가 섞여 있다니. 어안이 벙벙했다.

인파 속에 자연스럽게 섞여 있는 그들을 마주하고 있으니, '과연 우리나라에서는 이것이 용납될 수 있는가?' 하는 상념이 차올랐다. 대한민국은 성인 2명 중 1명이 1년에 한 권도 책을 안 읽는 나라지만, 책 산업의 부흥을 위해 코스튬 플레이어들을 서울 국제도서전에 불러오자고 한다면 과연 몇 명이 찬성할 것인가?

광장으로 다시 나가고 나서도 한참 동안 플레이어들에게서 시선을 떼지 못했다. 그렇게 나도 모르게 그들을 신기한 눈으로 쳐다보고 있는데, 잔디밭 위에 삼삼오오 앉아 있던 플레이어 중 한 명과 눈이 마주쳤고 나는 어깨가 들썩거릴 정도로 놀랐다. 나의 시선이 무례할 수 있다는 생각에 정신이 번쩍 들었다. 생경하다는 이유만으로 그들을 빤히 쳐다볼 권리가 나에게 주어지는 건 아니었으므로. 스스로가 창피해진 순간을 겪고 나니, 별안간 마네의 〈풀밭 위의 점심〉이 생각났다. 창백한 피부로 관람객의 눈을 뚫어지게 쳐다보는 그림 속 나체의 여성. '부끄러우십니까?'라고 묻는 것 같던 그 얼굴이 머나먼 프랑크푸르트 땅에서 생각났다. 너무 과하게 생각하는 것일지도 모르겠지만, 코스어와 눈이 마주친 그 순간 나 스스로가 〈풀밭 위의 점심〉이 정면으로 겨누던 타깃이 된 것만 같았다. 그 공간에 가득 찬 사람들 사이, 나의 무례한 시선에 가장 놀란 사람은 아마 나였으리라.

책을 구경하러 간 행사였지만, 나는 또 다른 것을 한 아름 얻어 돌아왔다. 여행이라는 건 언제나 그런 것 같다. 기대했던 것에 실망해도 전혀 예기치 못했던 것에 감탄하고, 감동하고, 그것을 기억 한편에 잘 저장해 언제든 꺼내볼 수 있는 좋은 창고를 만들어 오는 것. 프랑크푸르트에서 느낀 찰나의 깨달음 역시 그 창고 안에 잘 수납되어 중요할 때 다시 꺼내볼 수 있을 것이다.

세계인이 참여하는 '국제 행사'의 인파에
소스라치게 놀라버린 세계 시민의 시선

괴테 생가 가던 길. 괴테는 프랑크푸르트 국제 도서전에 대해 어떻게 생각하고 있을까?

국제도서전에서
탈출한 뒤, 넋이
나간 나의 모습...

[독일 프랑크푸르트 + 서울]

10

So
French

5월 스승의 날, 은사님께 인사를 드리러 갔다. 나의 지도 교수님이자, 내가 21살 때부터 가깝게 지낸 분이다. 교수님은 늘 내가 살아가는 방식을 응원하며 필요할 때마다 중요한 조언을 해주는 분이다. 존경과 애정을 담아 1년에 2~3번씩 뵙고는 한다. 교수님과 나는 비슷한 면이 있는데 그건 늘 바쁘다는 점이다. 그날도 교수님은 어김없이 많은 일을 처리하며 연구실에 계셨다. 간단한 안부를 주고받은 뒤 올해 프랑스에서 열리는 학회 포스터 사진을 보여주셨다. 본인은 마음에 들지 않는데 이걸 어떻게 수정해야 할지 모르겠다고, 한번 봐달라며 "어떻니?"라고 물어오셨다.

차마 "구려요"라고는 말하지 못하고 사회성을 갖춰 "가독성이 떨어지네요"라고 대답했다. 그때 적당히 "괜찮은데요?"라고 말했다면 프랑스까지 일하러 가진 않았을 테다. 바른말을 참지 못하는 난 그렇게 계획에 없던, 해외 출장이 포함된 용역을 수주받았다.

학술 발표의 영상과 사진 촬영, 행사 진행, 엔지니어, 인쇄물 디자인, 영상 편집을 도맡았다. 웬만큼 규모 있고 조직화가 잘 되어 있지 않은 이상 학회를 진행하는 인력이 모든 분야에서 전문성을 갖추기는 힘들다. 그러나 해외에서 진행하는 학회에서는 일의 전문성과 체계화는 필수적이다. 아마 그래서 외부 인력인 나를 고용했을 거라고 짐작했다.

출국 전 3~4개월 동안 학회 준비만 했다. 물론 이 업무에만 집중한 것은 아니지만 발표 인원만 30명이 넘었기 때문에 이것저것 계속 신경 써야 했다. 처음엔 '프랑스에서 일만 하고 빨리 와야지' 했는데 갑자기 억울했다. 아니, 내가 유럽을 또 언제 갈지도 모르는데 이렇게 일만 하고 오는 게 말이 되나?

서술을 꼬셔보기로 했다. 우리 책이 나온 지 얼마 안 된 때였기에 프랑스에 가서 책을 선물하면서 아티스트들을 만나보자고 했다. 비행기표를 끊어주겠다고, 그리고 학회에서 나를 조금 도 와달라고도. 서솔은 수락했다. 우린 독일로 들어가 프랑스로 나오는 일정으로 독일에서 2박, 프랑스에서 2박을 계획했다. 그때를 제외한 3일은 프랑스의 한 호텔에서 행사가 진행되었다.

독일행 비행기를 타기 전날 새벽 3시까지 일을 했다. 비행기에서 『파우스트』를 꺼냈다가 속이 시끄러워져서 덮고 〈엘리멘탈〉을 튼 이유다. 여행을 위해 학회 일정보다 4~5일 전에 유럽으로 왔지만, 학회가 다가올수록 일은 점점 더 많아졌다.

독일 여행만큼은 지켜내고 싶어서 일하는 시간을 정했다. 아침에 딱 3시간, 여행을 시작하기 전 빨리 일어나 업무를 했다. 일할 때의 나는 많은 부분은 꼭 잘 해야 한다는 압박감으로 움직인다. 그 때문에 너무 열심히 일을 해버리고, 그게 결국 업무 과중과 스트레스로 돌아오는 경우가 많다. 해외 행사를 진행해 본건 나도 처음이라 긴장되고 부담도 됐다. 옆에서 보던 솔이는 계획한 일정을 다 소화하지 않아도 된다고 바쁜 나를 배려해 줬다. 하지만 내가 그러기 싫었다. 어떻게 얻은 유럽 여행 기회인데 이 시간을 그냥 보낼 수 없었다.

일정을 소화하기 위해 독일에서는 내내 강제 미라클 모닝을 했다. 오전 3시간만으로 업무가 다 끝나지 않으면 틈틈이 이동 시간에 처리하면서 여행했다. 독일에서 프랑스로 가는 기차 안에

서도 일을 했다. 가끔 대단한 풍경을 본 서솔이 감탄하는 소리
가 들릴 때만 고개를 들어 창밖을 봤다.

한국에서 학회를 준비하면서 가장 많이 들었던 말은 "프랑스라
서"였다. 당연히 연회장에 준비되어 있어야 하는 것 대다수가
'프랑스여서' 확신할 수 없었다. 하지만 '프랑스니까' 이해해야
했다. 프랑스는 원래 그렇단다. 행사 진행에 필요한 세부 사항
을 확인해 달라고 요청하면 일주일이 지나도록 답이 없기도 했
다. 프랑스는 도대체 어떻게 일을 하는 건지 이해할 수 없었다.
행사장을 미리 답사할 수 없어 당일에 변동 사항이 생길 수 있
으니 전날 현장에 가서 확인 후 추가 장비를 빌릴 수 있는지 확
인해 달라는 요청에도 답이 오지 않았다.
왜냐? '프랑스니까'! '프랑스 같은' 게 도대체 뭔지, 어째서 '프랑
스라서'라는 말도 안 되는 변명이 모든 업무 거부의 정당한 사유
가 되는지 알 수 없었다. 모두가 공통된 이미지를 공유하며 합
의가 된 것 같은데, 그 속에서 난 답답하기만 했다. 화병에 걸리
려다 해탈하고 난 후 했던 마지막 질문.
"(프랑스라도) 인터넷은 되죠? 랜선을 연결해야 해서요."
학회에서는 현장을 실시간 영상으로 송출해야 했다. 그건 가능
하다는 연락을 받고도 혹시 몰라 20m 길이의 랜선을 준비해 갔

다. 행사 전날 밤 리허설을 위해 호텔 연회장으로 가보니, 역시나 랜선 연결이 되지 않았다. '차라리 이것도 알 수 없다고 말해주지.' 어쩔 수 없었다. 송출이 끊겨도, 화면이 안 나오고 소리가 끊겨서 어떤 발표인지 제대로 듣지 못해도 어쩔 수 없어. 프랑스니까 다들 이해하라고.

리허설을 하고 연회장을 나섰다. 그 와중에 프랑스 거리는 아름다웠다. 이렇게 예쁜 거리에서 이토록 처참한 기분이라니. 지하철을 향해 걷다가 담배 가게를 만났다. 이 정도면 운명이다. 바로 들어가서 담배를 구매했다. 멘톨 담배는 팔지 않아서 담배에 향을 더해줄 캡슐도 같이 샀다. 흡연 구역은 따로 없는 것 같았고 모두가 여기저기서 담배를 피워댔다. 숙소 근처에 가서 피우고 싶은 마음에 지하철을 탄 뒤 숙소 앞까지 걸어갔다. 숙소 옆 작은 공원에서는 에펠탑이 정면으로 보였다. 흡연자 시절, 언젠가 에펠탑을 보면서 담배를 피우고 싶다고 생각했던 게 떠올랐다. 이렇게라도 버킷 리스트를 하나 이뤘네, 피식 웃으며 담배에 불을 붙여 에펠탑을 바라보면서 천천히 피웠다.

얼마쯤 지나 담배를 하나 더 꺼내 물었다. 공원 벤치에 앉으려는데 무언가가 놓여 있었다. 포크 두 개였다. 벤치 밑에는 새우

2마리가, 벤치와 멀지 않은 곳에는 와인병이 떨어져 있었다. 그 벤치에서는 에펠탑이 정면으로 보였다. 어젯밤 젊은 연인이 이 벤치에 앉아 간단한 음식과 와인을 먹으면서 에펠탑을 바라봤을까? 낭만 있네, 근데 좀 치우고 가지. 일회용 포크도 아니었다. 포크 두고 가서 오늘 밥은 어떻게 먹으려나. 그 젊은 연인은 오늘 숟가락으로만 식사하겠다.

두 번째 담배도 다 피워갈 때 지나던 행인이 갑자기 말을 걸었다. 멀끔하게 차려입은, 30대 정도로 보이는 흑인 남성이었다. 프랑스어로 말하다가 내가 못 알아듣는 듯하니 영어로 내게 물었다.

"Can you give me a cigarette?"

황당했다. 라이터를 빌리는 사람은 봤어도 담배를 하나 달라는 사람은 처음 만났다. 그게 나보다 월 소득이 높아 보이는 프랑스인일 줄은 상상하지 못했다. 프랑스는 담뱃값이 비싸긴 했다. 한 갑에 한화로 15,000원 정도였으니까. 당황하긴 했어도 까짓 것 담배 하나 못 줄 이유는 없다고 생각하며 한 대를 줬다. 라이터도 없는 듯 보여 라이터도 건넸다. 그는 이를 드러내면서 웃었다. 두 대를 연거푸 피우고 나니 이제 나에게 담배는 더 이상 필요하지 않았다. 나는 담뱃갑을 통째로 그에게 건넸다. 그는 한 개면 충분하다며 사양했다.

199

전 이제 안 피워도 될 것 같아요. I'm done. I'm OK. 그는 내게 얻은 담배에 내 라이터로 불을 붙이고 "Merci!" 하고 외치더니 담뱃갑을 주머니에 넣고 가던 길을 갔다. 그의 뒷모습은 방금 나에게 담배 하나를 구걸한 사람처럼 보이진 않았다. 프랑스, 도대체 뭘까?

학회가 진행되는 이틀 동안 매일 5시간만 잤다. 긴장돼서 잠에 들기 힘들었고 새벽에 일어나 행사장에 제일 먼저 도착해서 세팅했다. 학회가 끝난 다음 날, 피로가 누적되어 몸이 힘들었지만, 프랑스에서의 마지막 날을 그냥 보내기 아쉬워 일찍 숙소를 나섰다. 오전엔 버스를 타고 벼룩시장을 둘러보고 점심을 먹으러 갔다. 교수님께 일을 성공적으로 끝내줘서 고맙다는 칭찬과 함께 고급 요리를 대접받았다. 화이트와인까지 페어링해서 신나게 먹었다. 꽤 즐거운 식사 자리였다. 백화점으로 향하는 교수님과 헤어지고 오랑주리 미술관으로 가기 위해 샹젤리제 거리를 걸었다.

그때부터 몸이 급격히 나빠지기 시작했다. 와인 때문인지 몸에 열이 오르더니 눈앞이 어지러웠다. 모네의 〈수련〉을 꼭 보고 싶었는데, 더 이상 걷기조차 힘들었다. 눈앞이 흐릿해지면서 눈물이 났다. 샹젤리제 한복판에 서서 대성통곡을 시작했다. 함께 있던 서솔은 눈을 크게 뜨며 당황했다.

"어떡해…. 내가 어떻게 해줄까?"

그 질문의 답을 나도 알 수 없어 그저 울기만 했다. 솔이가 우버를 잡아줬고 우린 호텔로 돌아왔다. 호텔로 가는 길 내내 창밖을 보며 울었다. 마음만 앞선 파리 관광은 포기하기로 했다.

프랑스는 아름답고 낭만적이지만 너저분하고 구질구질하며, 이 양극단의 매력이 어우러져 자유로움을 뿜낸다. 멋진 사람들이 많고 엉뚱한 사람들도 많다. 그들은 여유롭지만 답답하고 재밌지만, 가끔 황당했다. 미식의 나라이지만 이따금 끔찍한 음식도 있었다. 일 처리 속도가 느리다고 생각했지만, 소통의 문제로 전달이 안 된 경우가 많았던 걸 알고 오해를 풀었다. 프랑스니까 늦겠지, 안 해주겠지, 없겠지, 하며 기대감을 낮추면 큰 만족도를 얻을 수 있기도 했다. 프랑스에서 돌아온 뒤, 받아들임의 자세를 알게 되었다.

어지럽게 켜진 카톡방, 그 뒤에
켜진 디자인 툴, 이마를 부여잡
은 허휘수, 독일의 미라클 모닝

멋진 풍경을 배경으로 일하는 중. 서울 용산구에서보단 이왕이면 파리행 기차에서 스트레스 받는 게 낫다는 긍정적인 생각으로 버텼다.

파리의 성격을 말해주
는 것 같아 한참을 쳐
다봤던 버려진 포크

샹젤리제 거리에서 울기
3시간 전. 누적된 피로로
눈이 건조해서 하루 종일
실눈을 뜨고 다녔다.

나는
파리가 싫어

유럽 여행의 필수 준비물로 도난 방지 줄과 자전거 자물쇠를 쇼
핑하며 소위 '현타'가 온 적이 있다. 이 정도 준비만으로 소매치
기를 피할 수 있을까? 걱정하면서도, 동시에 '이렇게까지 해서
파리에 가야 하는 이유가 도대체 뭐야?'라는 생각이 공존하면서
'집 나가면 고생'이라는 말까지 떠올랐지만, 휴대폰과 가방을 연
결하는 도난 방지 줄을 꼼꼼히 골랐다.

파리 소매치기와 집시의 악명은 익히 들어 알고 있었다. 그러
나 막상 파리에 가게 되자, '진짜 그럴까? 설마 내가 갔을 때도
그런 일이 일어날까?'라는 생각이 들었다. 왠지 나에겐 그런 일

이 일어나지 않을 것 같다는 근거 없는 기대감. 당연한 일이지만 기대는 보기 좋게 빗나갔다. 첫 번째 파리 여행에서 만난 집시들은 관광지에 대한 두려움을 심어줄 정도로 강렬했다. 몽마르트르 언덕에서는 강제로 팔찌를 채우려는 사기꾼들과 실랑이를 벌여야 했고, 인산인해를 이루는 주요 명소의 입구마다 부랑자들이 넘실댔으며 지하철역은 배설물 냄새로 가득했다. 누군가 나의 가방뿐만 아니라 가진 것 모두를 빼앗아 갈 것만 같은 느낌이 피어오르는 곳. 영화에서 본 로맨틱한 도시는 오간 데 없이 악취와 부랑자로 가득하다는 게 내가 느낀 파리의 첫 번째 인상이었다.

4년 뒤, 두 번째 파리행 짐에 쿠보탄을 가지고 갔던 건 첫 번째 여행에서 느꼈던 안전에 대한 위협 때문이었던 것 같다. 쓸 일이 없기를 바라면서도, 나에게 다가오는 불특정 다수로부터 나를 지키기 위해 무의식적으로 쿠보탄을 여행 배낭에 넣었고, 당연히 출국 심사 과정에서 압수 당했다(슬퍼하던 얼굴이 유튜브에 남아 있다).

애석하게도 그 여행에서 나의 친구 강민지는 노트르담 성당 근처, 지하철을 타러 가는 찰나에 휴대폰을 소매치기 당했으니….
(이 과정 역시 영상으로 남아 있다. 강민지와 다닌, 도합 6개국 '완전한

여행' 영상은 모두 유튜브에서 확인하실 수 있습니다.) 파리라는 도시에 완전히 질려버리는 계기가 되었다. 아름다운 미관으로 여행자들을 불러 모은 뒤 여행자들을 못살게 구는 나쁜 도시. 나에게 파리의 이미지는 마침내 낭만의 도시에서 파국의 도시로 쇠락하고 말았다. 반드시 가방은 앞으로 메야 하고, 카페에서는 가방을 다리 사이에 놓아야 하며 휴대폰은 절대로 테이블 위에 올리면 안 되는 도시. 피곤한 도시, 여행할 데가 못 되는 도시. 왠지 세 번째 파리는 없을 것만 같았다.

그러나 인생은 마음대로 흘러가지 않는다. 그로부터 다시 4년 뒤, 세 번째 파리 여행을 앞두고 소매치기의 최신 동향을 파악하기 위해 애를 쓰는 내가 있었다. 그것은 강렬하고도 피곤한 데자뷔였다. 내가 또 파리에 간다니. 휘수의 학회 일정에 헬퍼로 가게 된 여행지가 다시 '파리'였다. 그렇다면 만반의 준비를 해야만 했다. 휘수는 누구인가? '휘수하다'라는 별명이 있을 만큼 물건을 잘 떨어뜨리거나 잘 잃어버리는 사람. 소매치기의 위험이 없는 한국에서도 에어팟을 몇 번씩 잃어버리는 것을 봤으니 이번 여행은 난이도가 올라가겠다는 경각심이 들었다. 심지어 학회 촬영을 위해 카메라도 한 트럭 들고 가야 하는 상황이었다. 카메라를 챙기면서 '집시가 이 트렁크를 빼앗으려 한다

면 어떻게 해야 할까?' 머릿속으로 시뮬레이션을 돌리는 지경에
이르렀다. 프랑크푸르트에서 파리로 이동하는 4시간 동안 기차
안에서 비장하게 다짐했다. '여행은 이제 시작이다….'

비장함은 이내 휘수를 향한 잔소리로 바뀌었다. 파리 북역에 내
리는 순간부터 휘수를 단속했다. 트렁크만 두고 멀리 가면 안
된다, 길가에서 휴대폰에 정신 팔리면 안 된다, 웬만하면 귀중
품은 도난 방지 줄에 다 달아놓고, 귀찮아도 제발 줄은 풀지 마
라… 4년 전 소매치기의 악몽을 떠올리며 나는 잔소리 대마왕
이 되었다. 다행히 휘수가 학회 일로 너무 바쁜 나머지(?) 주요
관광지는 다니지 않은 탓에 2차 소매치기는 당하지 않았지만,
여전히 파리에 대한 경계심은 누그러지지 않았다.
누가 나의 물건을 훔쳐갈까 봐 전전긍긍해야 하는 여행지가 이
렇게까지 사랑받는 이유는 뭘까? 휘수와 나는 에펠탑을 배경으
로 이런 이야기를 나눴다(역시 유튜브에 있다).

휘수 파리(에펠탑)는 생각보다 별로인데, 별로라고 생각하고 보면
되게 좋아.

서솔 근데 내가 가지는 의문은 그런 거지. 세상에 탑이 이렇게 많

은데, 왜 에펠탑만 이 독보적인 위치에서 내려오지 않느냐는 거야.

휘수 난 이렇게 생각해. 탑은 많지만, 저렇게까지 넓은 잔디밭과 광장을 가진 탑이 없어. 그렇기 때문에 사람들이 모일 수 있어서 인기가 많은 것 같아. 사람들이 모이는 곳에서는 이야기가 만들어지니까.

서솔 그러면 남산 타워는? 산책로가 사람들을 많이 모으잖아.

휘수 아니야. 거기는 직선적이고, 에펠탑은 평면적으로 있잖아. 평야가 있잖아. 그거랑 산책로는 다르다고.

서솔 그럼 어떤 나라에서 에펠탑을 그대로 벤치마킹하면 그 아성을 따라잡을 수 있을까?

휘수 그건 벤치마킹이잖아.

서솔 만약에 내가 국가의 막대한 임무를 지니고 '한국 사람들 외국으로 여행 그만 보내야 한다. 에펠탑을 따라 하자!' 해서, 어딘가에 저런 독창적인 타워를 세워. 극단적으로 서울시청을 다른 곳으로 옮기고, 그 앞에 잔디밭이 있잖아. 거기에 탑을 세워. 그러면 에펠탑을 대신할 수 있을까?

휘수 없지. 에펠탑의 명성에는 프랑스 자체가 가진 로맨틱함과 프랑스인들의 사랑관도 영향을 끼쳤을 테니까.

우리의 대화는 에펠탑의 견고한 명성이 오래도록 지속될 것이라는 결론으로 마무리되었다. 파리에서 높은 긴장도에 염증을 느끼는 나조차도, 늦은 밤 아름답게 빛나는 화이트 에펠만큼은 넋을 놓고 보게 되는 걸 보면 에펠탑은 확실히 낭만의 상징이 맞다. 에펠탑 앞에 펼쳐진 잔디밭에 수많은 관광객과 이상한 물(지하 하수도에서 끌어온 물이라고 기사가 난 적이 있다)을 파는 잡상인들 사이에서도 에펠탑을 올려다보고 있으면 이곳에는 확실히 다른 관광지에서는 느낄 수 없는 묘한 매력이 있다. 그렇게 나는 세 번째 방문만에 부정하고 있던 파리의 낭만과 아름다움을 조금씩 받아들였다.

올림픽도 아닌데, 12년 동안 4년 주기로 같은 도시를 세 번 방문했다. 올해는 에펠탑에 가보고 싶다는 엄마 아빠와 함께 다시 한 번 파리행이 계획되어 있다. 그런데 이번엔 왠지 싫지 않다. 소매치기 걱정보다 파리에서 가보지 않았던 관광 명소를 가보고 싶다는 생각이 먼저 떠오르는 걸 보니, 확실히 마음이 아주 너그러워진 것을 느낀다.

그래서 생각했다. 파리와 나는 그야말로 '혐관(혐오 관계의 준말로, 애증과 비슷하다)'은 아니었을까. 싫다고 밀어내다가도 계속 마주치는 바람에 서로 사랑에 빠지는 그런 관계. 파리도 나를 좋아했을지, 아니면 탐탁지 않아 했을지는 모르지만 적어도 파리를 설명할 때 '소매치기'라는 단어를 가장 먼저 떠올리지는 않게 된 것 같다. 물론 이번 여행에서도 만원 지하철 정차 역에서 문이 열리는 찰나 전자 담배를 피우는 파리의 장난꾸러기들(…)이나 다짜고짜 이상한 기념품을 들이미는 집시들을 마주쳤다. 여지없이 힘든 경험이었다.

그러나 이제는 어떤 도시의 단면으로 그곳을 설명하기보다는 좋았던 것을 먼저 떠올리고 거기서 느낀 나의 감정과 소회를 조금 더 중요하게 생각하려 한다. 파리의 인상이 바뀐 것은 도시가 변화한 게 아니라 부정적인 것을 받아들이는 나의 마음가짐이 달라졌기 때문이라는 걸 이제는 알기에, 어떤 곳에 가든 긍

정적인 마음으로 새로운 것을 보고 느끼는 여행자가 되리라 다
짐한다.

그리고 또 하나, 곧 있을 부모님과의 파리 여행에서 엄마 아빠
에게 파리의 첫인상이 되도록 아름답게 남을 수 있게 노력해 보
고자 한다. 무려 12년 동안 이어진 나와 파리의 혐오 관계를 엄
마 아빠도 느낄 필요는 없으니까(!), 오랜만에 얻은 귀한 기회인
만큼, '파리는 최악이네'라는 평이 나오지 않도록 최선을 다해볼
예정이다. 도시의 경관을 내가 바꿀 수 있는 건 아니지만, 적어
도 도시를 소개하는 나의 마음은 바꿀 수 있는 거니까. 완벽하
진 않을지라도 나의 계획을 미리 밝혀두는 바이다.

'에펠탑이 뭔데 이 난리야?' 싶다가도 막상 보면 '에펠탑은 에펠탑이네...' 소리가 나오는 기묘한 에펠탑

통영 꿀빵의 맛을 아시나요

갈아입을 옷도 없이 무작정 찾아간 통영 소매물도 앞바다에 뛰어들었던 적이 있다. 21살 여름, 지금까지도 친한 친구인 D와 충동적으로 떠난 여행에서, 그날 밤 더 충동적으로 합류한 강민지까지 도합 세 명은 배를 타고 건너간 소매물도에서 청바지를 입고 바다에 뛰어들어 수영을 했다. 심지어 나는 수영도 제대로 하지 못하는 주제에 뛰어들어 소금쟁이처럼 바닷물에 휩쓸려 다녔다. 그렇게 아무도 없는 바다에서 수영하는 셋을 멀리서 봤다면 라이언 맥긴리가 촬영한 사진 속 한 장면처럼 보였을지도 모르겠다.

내 인생에 이보다 더 충동적인 날은 없었다. 대신 충동의 대가는 혹독히 치러야 했다. 돌아오는 배편에서 우리는 젖은 옷을 그대로 입은 채 바닷바람을 맞으며 떨었다. 덜덜덜… 오한이 들었다. 그때 조금 전에 먹다 남긴 통영 꿀빵이 가방에 있었다. 한 팩에 6개가 들어 있던 것 같은데, 하나씩 먹고 '달아서 더는 못 먹겠다' 하며 남겨둔 것이었다. 나는 지겨운 맛이라고 내팽개쳤던 그 꿀빵을 〈검정 고무신〉의 기영이가 바나나를 먹을 때처럼 소중히 먹었다. 한 입 먹을 때마다 머리끝부터 발끝까지 당 충전이 되는 기분을 느끼면서, 추위가 가시길 바라면서, 배가 일찍 도착하길 바라면서.

배에서 내리니 비가 왔다. 그냥 비가 아니라 폭우였다. 엎친 데 덮친 격, 오한에 시달리다 비까지 맞아버려 그대로 감기 몸살이 난 나는 숙소에 도착하자마자 대자로 뻗었다. 머리가 어지러워 밖으로 나가지 못하는 나를 대신해 D와 민지가 밖에 나가 음식을 사 왔다. 폭우를 뚫고 사 온 음식은 족발과 순대볶음이었다. 평소 두 가지 모두 크게 선호하지 않는 나였지만, 지금까지도 족발과 순대볶음의 맛은 잊을 수가 없다. 잊기는커녕, 그때 먹었던 족발보다 맛있는 족발은 지금까지 먹어보지 못했다.

그렇게 황홀한 식사를 마친 다음 날도, 애석하지만 또 비가 왔다. 그러나 청춘이 좋다고, 자고 일어나 컨디션이 완전히 회복된 나를 비롯한 꿀빵 3인조는 우비까지 입고 통영의 마지막 관광지 '충렬사'로 향했다. 그렇게 한참을 걷고, 다시 한번 꿀빵을 사고, 동네를 한 바퀴 다 돌고 나서야 집으로 돌아간 대단한 여행이었다.

청춘의 탈을 쓴 '무대책+무계획' 통영 여행은 지금까지도 우리에게 '그땐 진짜 미쳤었지'라는 한 줄로 평가되곤 한다. 넌 어떻게 '통영 올래?' 한 마디에 다음 날 아침 바로 통영을 오냐, 우린 어떻게 청바지를 입고 바다에 들어갔냐, 어떻게 그 비를 맞고 다녔냐….

지금 똑같이 하라고 하면 절대 못 할 것 같지만, 다시 그때로 돌아간다면 나는 또 그 옷을 입은 채 바다에 뛰어들고, 돌아오는 길엔 덜덜 떨면서 꿀빵을 먹을 것 같다. 힘들고, 지치고, 결론적으로는 몸이 아파 친구들에게 신세를 지는 결과를 낳았지만, 그들의 호의가 더 맛있는 저녁 식사를 만들어 주었다. 결국 어딘가 어긋난 선택의 연속이 그날의 여행을 완성했다.

잊을 만하면 통영 꿀빵의 맛을 머릿속에서 꺼내 곱씹는 것만으로도 일순간 완전한 과거를 가진 사람이 된 듯한 기분이 든다. 다시는 돌아갈 수 없는 순간의 충동과 일탈이 만들어 낸 과거의 여행. 어쩌면 영원히 완전한 여행은 없을지도 모르지만, 휘청 거린 덕분에 몰랐던 나와 몰랐던 세상에 대해 알게 된다면 언 제라도 망한 여행을 떠나고 싶다. '완전 망한 여행'은 어떻게든 '완전한 여행'이 될 테니까.

망함에 호방하게 대처하는 법

비가 올 때면 나는 이렇게 말하곤 한다.

"비가 올 거면 제대로 내리지. 찝찝하게 내리네."

우산을 챙기지 않는 습관이 있다. 자가용을 타고 다니기 전부터 그랬다. 웬만한 비는 맞는다. 맞을 만한 비의 기준이 남들보다 높은 편이다. '하늘에 구멍이 뚫린 것 같다'라고 할 만큼의 폭우 정도가 아니면 우산을 꺼내고 싶지 않다. 그 외 내가 우산을 들고 다니는 경우는 비에 젖으면 안 되는 사람과 함께이거나 물건을 들고 있을 때뿐이다.

혈혈단신으로 비 오는 거리를 만났을 때 나는 보통 우산이 없다. 비가 곤욕스러운 것은 특히 여행을 갔을 때이다. 나는 맨발로 샌들이나 슬리퍼를 신는 걸 좋아하지 않아 신발이 젖을 상황에 놓이면 당황스럽기만 하다. 여행에서는 갈아 신을 신발이 없기 마련이니까. 다만 비가 와서 맞을 수밖에 없는 상황이라면 확실히 내리면 좋겠다. 작은 우산 아래 요리조리 숨어 조금이라도 덜 젖어보겠다고 애쓰는 시간이 아깝다. 이도 저도 아니게 찝찝하게 젖은 옷과 신발, 양말은 여행을 애매하게 만든다. 즐길 수도 없고 추억을 쌓을 만한 사건도 아닌 것 같아 답답하다. 뒤에서 우물쭈물 오는 비보다는 맞다이로 들어오는 비를 선호한다.

비를 흠뻑 맞을 때 느껴지는 자유로움이 좋다. 10살, 하교할 무렵 갑작스레 비가 무섭게 내렸다. 교문 앞에는 우산을 든 엄마들이 빼곡했다. 그중에 우리 엄마는 없었다. 실망스러운 마음을 숨기고 우산을 든 친구 엄마들 사이를 이리저리 피해 비를 맞으며 걸었다. 엄마 손을 잡은 채 다가와 함께 우산을 쓰고 가자는 한 친구의 제안을 웃으며 거절하고 일부러 더 신나는 척 뛰면서 집으로 향했다. 집 가는 길에 길게 늘어진 가로수 길을 지났다. 비가 나뭇잎에 툭, 투두둑, 툭툭 정신없이 떨어지는 소리, 고개를 하늘로 올리면 나뭇잎에서 모였다가 흐르는 물줄기가 얼굴 위로 쏟아졌다.

비 오는 날이면 젖지 않게 애쓰던 운동화가 물웅덩이에 푹 잠겨 발가락 사이로 물이 들어오는 느낌도 시원했다. 흰 양말은 흙탕물로 인해 갈색으로 변했고 남색 책가방은 흠뻑 젖으니 검은색에 가까워졌다. 금지된 물놀이를 나만 하고 있다는 일탈적인 감각이 짜릿했다. 현관을 열고 들어가니 놀란 엄마가 서 있었다.

"엄마 부르지, 왜 이 비를 다 맞고 와!"

속상한 엄마의 잔소리는 중요하지 않았다.

"괜찮아! 재밌었어."

만약 내가 1541 컬렉트콜로 공중전화에서 전화를 걸어 "엄마! 나 휘수! 받아줘!" 하고 우산을 들고 학교로 와달라고 요청했다면 교문 앞에 미리 나와 있지 않은 엄마에 대한 서운함이 짙어졌을지 모르겠다. 비를 마음껏 맞아본 하굣길은 비 오는 날을 추억하는 첫 순간이 되었다. 우산을 쓰지 않는 버릇은 아직 내가 이 장면을 아끼는 마음을 갖고 있다는 데서 비롯된 것일지도 모르겠다. 젖으려면 완전히 젖어야 한다는 자세는 망함을 받아들이는 자세와 닮아 있다.

여행은 끝난다, 언젠가.

끝이 있다고 생각하면 어쩔 수 없이 조급해진다. 동시에 나는 존재의 끝을 알 때 더 매력적이라고 느낀다. 일상적으로 보는 사이라면 하지 않았을 낯간지러운 말도 마지막인 것 같은 순간에는 자연스럽게 입에서 튀어나오기도 한다. 나만 그런 건 아닐 것이다. 그래서 끝이 안 보이는 삶보다 끝이 있어 아쉽고 소중한 여행을 사랑하는 건 어쩔 수 없다고 생각한다. 한정된 시간 여행을 떠날 때, 마음속으로 단 한 순간도 망치고 싶지 않다고 다짐하게 된다. 성황리에 마치고 싶다는 의지가 솟구친다. 일상적으로 아침과 점심을 거르는 내가 여행만 가면 삼시 세끼를 챙긴다. 호텔에 조식이 있다면 오렌지 주스라도 서너 잔 마신다. 여행을 다녀온 후엔 여독이 심해 몸살이 나기도 한다. 무리한 일정, 앞선 마음에 체하는 것이다. 아무튼 나는 여행할 때 다분히 힘이 많이 들어가 있으며 약간 과하다.

'너무 애쓰지 말아야지.' '편안하게 해보자.' 여행지에서 일기를 쓸 때 늘 적는 문장이다. 여행 계획이 틀어져 조금씩 어긋나는 것은 참을성이 부족한 나에게는 큰 스트레스일 때가 많다. 아예 손을 쓸 수 없게 망해버리면 차라리 맘 편히 웃을 수 있다. 해학적인 농담을 즐기기 때문에 내가 망한 상황에 놓이게 되면 스스로를 마음껏 놀릴 수 있어 즐겁기도 하다. 누가 들어도 힘들었을 법한 여행 스토리를 책 한 권에 걸쳐 풀어놓을 수 있는 것도 다수의 여행이 완전히 망해버렸기 때문이다. 망하면 어떤가? 돌아올 곳이 있고 끝이 없는 듯한 삶이 있으니, 엉망이 된

여행은 내 인생의 한순간으로 자리 잡을 뿐이다. 에필로그를 쓸
때쯤 되니 확실해졌다. 난 망하려면 완전히 망한 여행을 사랑하
게 됐다.

인생의 한 치 앞을 알 수 없듯 여행도 삶의 일부이기에 그렇
다. 어디로 흘러가는지 알 수 없는, 급류 같은 우주를 살기 때문
에 내가 할 수 있는 일은 내면을 온전히 비우는 일이라고 생각
한다.

놓아버리는 게 아니라 비워내는 일, 현재에 최선을 다하지만 언
제든 비에 흠뻑 젖을 수 있는 마음, 제멋대로인 운명을 향해 두
팔을 벌리는 호방함을 가지지 않을 이유가 없다.

나는 이제 망할 준비가 되었다.

친구들이 한껏 차려준 저녁 식사. 비가 와서 아무것도 못 했지만, 그 맛은 지금도 잊을 수가 없다.

24년 6월 중국 상하이. 4박 5일 내내 비가 왔고 대부분 맞고 다녔다.

서솔과
허휘수의

망한 여행
어워드
TOP 3

※ 참고
'망한 여행'의 ''망한'은 지극히 개인적인 경험에서 우러나온 의견으로, 해당 여행지에 다녀오신 분들의 의견과 상이할 수 있습니다.

망한 여행 어워드를 앞두고 고심에 빠진 서솔과 허휘수. 고심 끝에 각자의 망한 여행지를 이야기해 보기로 했다.

서솔의 워스트 여행 3

1. 태국 파타야 — 문화

2. 러시아 이르쿠츠쿠 — 음식

3. 중국 상하이 — 언어

허휘수의 워스트 여행 3

1. 국토종주 자전거 여행 — 실연의 아픔

2. 강릉 가족여행 — 모녀과의 갈등

3. 일본 도쿄 혼자 여행 — 미래에 대한 고민

서솔   일단 태국 파타야부터 시작해야겠다.

휘수   왜? 어떤 도시인데?

서솔   충격의 도시…? 방콕에 갔다가 '파타야가 휴양지니까 바다 구경하고 재밌겠지?' 하면서 별생각 없이 갔어. 심지어 차를 타고 가서 8시간 정도 걸렸거든.

휘수   (경악하며) 8시간 차를 어떻게 타고 가?

서솔   그땐 돈이 없으니까 그냥 그렇게 갔지. 시간을 버리면 돈을 아낄 수 있으니까. 아무튼 그런 개고생을 하면서 갔는데, 도착하자마자 백인 할아버지 옆에 어린 여성들이 붙어서 길을 걸어가는 게 보이는 거야.

휘수   내가 생각하는 '그거'야?

서솔   응. 그러니까, 성매매가 대놓고 보이는 도시였던 거야.

휘수   진짜…? 나 이번에 가족들이랑 파타야 가잖아. (휘수는 약 한 달 뒤 태국으로 가족여행을 간다.)

서솔 어…? 방콕만 가는 것 아니었어?

휘수 아니. 언니가 파타야 가야 된대. 파타야 예쁘대.

서솔 아이고, 어떡하지. 여행 가기 전에 내가 너무 환상을 깨버리나? 근데 알고 가면 더 잘 대처할 수 있지 않으려나?(^^;) 나는 아예 모르고 가서 너무 충격 받았거든.

휘수 근데 리조트에만 있을 테니 괜찮지 않을까?

서솔 아마 그런 데는 (성매매가) 없겠지? 그래도 중심가 쇼핑이나 야시장 같은 데 한 번은 갈 것 아니야. 그 근처는 밤이 되면 그냥… 거리가 바뀌어. 나는 맨 처음에 해변에 왜 여자들이 일렬로 서 있는지 이해를 못 했어. 뭐지…? 하다가 하루 지나서 깨달은 거야. 해변이 왜 이렇게 되는지.

휘수 헐… 그럴 만하지. 일상적으로 보는 그림이 아닌데 어떻게 바로 알아차리겠어.

서솔 그치. 내가 한 번은 바다에서 보트를 탔는데 한국 남성이 한 여성을 데리고 탔어. 그랬는데 말이 안 통해. 말이 안 통하는데도 남자는 한국말로 계속 말하고 여자는 그냥 웃기만 하는 거야. 그때 이 도시에 깔린 정서가 뭔지 정확하게 이해했던 것 같아.

휘수 진짜 이상하다.

서솔 아무튼 그렇게 동남아 휴양지의 이미지가 박살이 났고… 러시아 이르쿠츠크에서는 수세식 화장실에 대한 트라우마를 가지고 그때 부터 여행지에서 화장실이 어떤지 좀 따지게 된 것 같아.

휘수 다 수세식이야?

서솔 아, 수세식이라고 하기도 부족하다. 수세식이 아니고 나무판자로 만든 직사각형 틀이 있고, 그냥 가운데가 뚫려 있어.

휘수 (입을 가로막으며) 중국도 그랬는데. 고등학교 1학년 때 각 학교 간 부들을 모아서 중국으로 해외 탐방을 갔거든. 광개토대왕릉비가 있는 쪽이 좀 시골이란 말이야. 이동하는 버스에서 애들이 화장 실이 막 급하다고 난리를 쳤어. 내가 기억하기로는 고속도로 휴게 소인가, 주유소 같은 곳에 차를 세우고 화장실을 가라고 내려줬는 데… 화장실이라고 적힌 건물 문을 여니까 뻥 뚫린 방 안에 그냥 구멍 6개가 있는 거야. 밑으론 배설물이 쌓여 있었지.

서솔 어? 칸막이도 없이?

휘수 없어. 진짜로. 남자 10명 여자 10명이 있었거든. 어쩔 수 없이 한 명씩 들어가서 해결했어.

서솔 아무래도… 동시는 힘들겠지.

휘수 그 문을 열었던 순간이 아직도 기억나. 심지어 안에 다른 한 분이 계셨어.

서솔 어? 그래서? 문이 안 잠겨?

휘수 그분은 아무렇지도 않던데? 편안하게 일 보셨어. 문은 안 잠기지. 그럼 어떻게 6명이 들어가.

서솔 대단한데….

휘수 벌써 15년 전이니까. 지금은 또 어떨지 모르지만, 당시에 우리는 그걸 바로 받아들이기 힘들었어. 그래서 6개의 구멍이 뚫려 있는 방에 순서대로 한 명씩 들어가서 볼일을 본 거야. 바지에 실례하는 것보다는 나으니까.

서솔 대박이다. 내가 갔던 화장실은 명함도 못 내밀겠다.

휘수 아무튼 나는 그랬고, 이르쿠츠크 음식은 괜찮았어?

서솔 아니…. 음식 맛없었어. 러시아 음식이 맛없어.

휘수 러시아 음식 맛이 없어?

서솔 내가 먹어본 몇 끼로 러시아 음식을 일반화하는 것 같아서 조금 조심스럽긴 한데, 그때 카우치서핑을 했던 러시아인에게 물어봐도 '팬케이크'가 제일 맛있다고 하더라고. 솔직히 좀 충격이었어. (아!) 내가 이 내용을 책에 쓰다가 뺐구나. 러시아에서 제일 맛있게 먹은 음식이 맥도날드여서… 그걸 쓰려다가 뺐네. 그래서 러시아에서 음식에 관해 좋은 기억은 없었는데 대신 건물이나 자연경관은 너무 멋있어. 차원이 달라. 으리으리해.

휘수 그리고 마지막은?

서솔 일주일 전에 다녀온 중국 상하이. 이번에 진짜 완벽히 깨달았는데, 내가 안개 속을 걸어 다니는 기분을 못 견디는 것 같아.

휘수 습한 거?

서솔 아니, 까막눈이 되는 걸 얘기하는 거야. 미쳐버리겠어, 진짜.

휘수 대화가 안 통하는 걸 얘기하는구나?

서솔 응. 내가 직독직해가 안 되는 건 사실 스페인이든 프랑스든 포르투 갈이든 똑같아. 말이 안 통하는 건 맞잖아, 그 나라 언어를 내가 모르니까. 근데 그래도 그 언어 표현의 베이스는 알파벳이니까 어렴풋이라도 읽을 수는 있어. 그런데 한자는 진짜… 영어 한마디 없이 99% 한자만 써 있는 나라를 내가 감당하는 게 힘들더라. 눈앞에 있는 모든 걸 내가 모른다는 게 무시가 안 되는 거야.

휘수 그렇구나. 나도 그게 힘들긴 했는데, 나도 그 정도였을까? (잠시 생각한다.) 나도 일본 갔을 때 되게 힘들었던 것 같아. 아무것도 모르고, 내 말을 못 알아듣으니까 힘들긴 했는데. 그런데 전에도 그런 느낌을 받아본 적이 있어?

서솔 작년에 대만 갔을 때.

휘수 다 최근이구나. 중화권이고.

서솔 그래서 내가 이번에 갔을 때 중국어를 조금이라도 하고 싶어서 계속 중국어 기초를 들여다본 거야. 근데 그래봤자 순수 공부 시간으로는 한 3시간 정도였겠지. 그걸로는 어림없었어. 더군다나 성조를 틀리면 못 알아듣잖아. 내가 한 번은 젓가락을 달라고 '콰이즈'라고 했는데, 상대방이 대꾸도 안 하는 거야.

('젓가락'의 올바른 발음은 kuàizi 인데[2성+경성], 아마도 내가 발음했던 건 kuàizī[2성+4성]이었던 것 같다. 결론적으로 나는 없는 단어를 말했다.)

그러니까 나는 그럴 때마다 머릿속으로 '뭐지… 뭐지… 분명히 외운 단어인데….' 하면서 속으로 물음표 투성이인 거야. 그래서 한자를 모르는 상태로 두 번 다시 중화권 여행은 가지 않겠다고 다짐했어. 상해 여행이 망한 여행은 아닌데, 어쨌든 '한자를 모르는 서솔이 한자만 쓰는 나라에 간 건 약간 실수였다. 그리고 그걸 이제야 알게 됐다.' 이 정도? 비가 왔고, 덥고 이런 건 하나도 안 힘들었고 그냥 '말이 안 통하는 나'가 제일 힘들었다….

휘수 너는 망한 여행 순위에 들어간 여행지마다 이유가 있잖아. 뭐 때문에 싫었고, 뭐가 힘들었고. 근데 나는 그냥 나의 감정 상태에 따른 것 같아. '그때 당시에 내가 감정이 좋았는지 안 좋았는지'에 따라 여행의 느낌이 달라지는 것 같아. 뭔가 불편하고 음식이 맛없고 이런 건 괜찮아.

서솔 감정이 중심이구나.

휘수 역시 (MBTI) F인가 봐. 자전거 여행을 갔을 때 진짜 심신이 힘들었고, 가족여행 때 엄마 때문에 진짜 열받았고, 일본 여행 갔을 때는 미래가 불투명해서 우울했고. (망한 여행 어워드에 선정된 세 여행 모두 책에 실려 있는 그 여행들이다.) 망한 여행이라고 하니까 그게 제일 먼저 생각나네. 그리고 난 일식이 안 맞아. 일식 요리라고 불리는 게 안 맞는 거야. 소스가 너무 느끼하고 달고….

서솔 데리야키소스?

휘수 맞아. 데리야키소스를 별로 안 좋아해. 나는 매콤한 걸 좋아하니까. 근데 일식에는 매콤한 게 별로 없고, 라면도 너무 느끼하더라.

서솔 느끼하긴 해. 나도 정통 일식은 잘 못 먹겠더라.

휘수 내가 또 맛집을 찾아다니는 애는 아니잖아. 맛있는 걸 좋아하면서도 그런 건 또 귀찮아 해. 그래서 추천받은 식당만 갔는데 다들 맛있다고 하는 음식이 나한테 안 맞더라고. 저녁에는 수업은 늦게 끝나서 매번 이자카야만 갈 수 있고… 음식 맛없는 건 괜찮다 해 놓고 약간 다른 얘기를 해버렸네? 음식이 별로인 것도 여행을 힘들

게 하는 건 맞는 것 같네요. (웃음)

서솔 한국인들은 또 음식 되게 중요하잖아.

휘수 나도 한국인이더라. 먹는 건 여행의 질을 결정하긴 해.

서솔 맞아. 아무리 먹는 데 관심이 없는 사람이라도 여행에서 먹는 건 아무래도 특별하니까. 그럼 결론적으로 너는 여행을 갔을 때의 감정 상태에 따라서 그 여행의 만족도가 달라지는 거야?

휘수 응, 마음이 편한 게 제일이잖아.

서솔 그럼 너의 여행이 안 망하려면 어떻게 해야 해?

휘수 (잠시 생각하다가) 대비할 수 없는 거지. 망하려면 망해야지, 뭐.

서솔 (웃음) 그건 나도 그렇긴 해. 망하려면 망해야지, 뭐.

휘수 대비할 수 없으니 앞으로도 기꺼이 받아들이자. 망해도 괜찮잖아!

완전한 여행을 위한 질문

☐ 당신은 어떤 여행을 좋아하나요? 좋은 기억으로 남은 여행을 떠올려 보세요.

☐ 당신이 여행할 때 중요하게 생각하는 것이 무엇인가요?

☐ 당신의 여행 중 가장 망한 여행 3개는 무엇인가요? 각 여행이 망한 이유는?

☐ 여행을 함께 가는 사람을 얼마나 잘 알고 있나요?

☐ 계속 불평불만을 하는 여행 메이트, 당신도 점점 화가 나지만 싸우고 싶지는 않습니다. 당신은 어떤 해결책이 있나요?

☐ 여행 중 공항에서 짐을 잃어버린 걸 알았습니다. 패닉 상태에 빠지지 않고 해결할 수 있는 나만의 방법이 있나요?

☐ 여행 중 목적지를 향해 30분 정도 열심히 걸어갔는데 알고 보니 지도를 잘못 봐서 반대로 갔다는 걸 깨달았다면, 이때 스스로에게 화내지

않고 가던 길을 돌아갈 수 있나요? (도보, 대중교통, 택시는 상관없이 짜증
내지 않을 수 있는지가 관건)

☐ 해외여행 중 식당에서 예기치 않게 인종차별을 당했다면, 어떻게 대처
할 수 있을까요?

☐ 해외여행지의 음식이 너무 입에 안 맞습니다. 설상가상 한인 마트도
없네요. 어떻게 해야 할까요?

☐ 여행 중 여비를 잃어버렸네요. 앞으로 남은 여행은 3일. 당신의 해결
방안은?

☐ 빈칸을 채워보세요.

나에게 여행은 _____ 이다.
나는 여행에서 _____ 도 괜찮다.
함께 여행하는 _____ 와 완전한 여행을 위해 _____
_____ 할 것이다.
망한 여행이 되면 나는 _____ 할 것이다.

나는 완 전 한 여행자이다.

완전 (망)한
여행

초판 1쇄 2024년 7월 25일
초판 3쇄 2024년 8월 5일

지은이 허휘수, 서솔

발행인 유철상
기획·책임편집 김정민
편집 김수현
디자인 주인지, 노세희
마케팅 조종삼, 김소희
콘텐츠 강한나

펴낸곳 상상출판
출판등록 2009년 9월 22일(제305-2010-02호)
주소 서울특별시 성동구 뚝섬로17가길 48, 성수에이원센터 1205호(성수동2가)
전화 02-963-9891(편집), 070-7727-6853(마케팅)
팩스 02-963-9892
전자우편 sangsang9892@gmail.com
홈페이지 www.esangsang.co.kr
블로그 blog.naver.com/sangsang_pub
인쇄 다라니
종이 ㈜월드페이퍼

ISBN 979-11-6782-204-8 (03810)
ⓒ 2024 허휘수, 서솔